U0165732

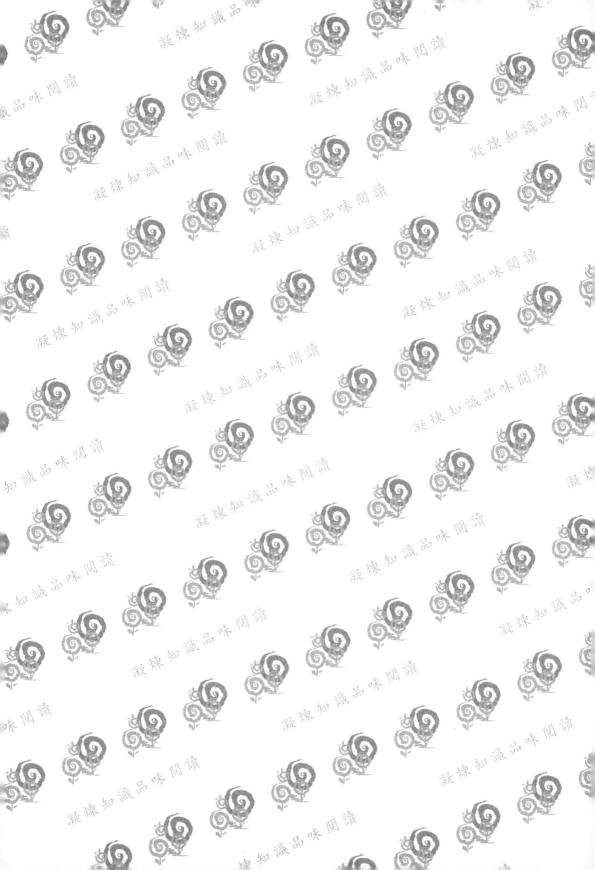

當代國語語音學

張淑萍

著

五南圖書出版公司 印行

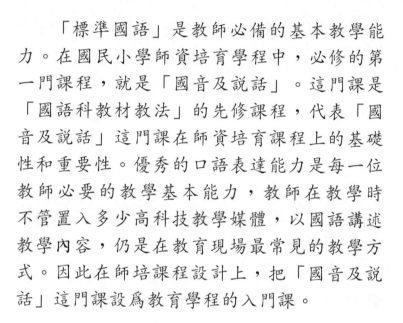

　　「標準國語」是教師必備的基本教學能力。在國民小學師資培育學程中，必修的第一門課程，就是「國音及說話」。這門課是「國語科教材教法」的先修課程，代表「國音及說話」這門課在師資培育課程上的基礎性和重要性。優秀的口語表達能力是每一位教師必要的教學基本能力，教師在教學時不管置入多少高科技教學媒體，以國語講述教學內容，仍是在教育現場最常見的教學方式。因此在師培課程設計上，把「國音及說話」這門課設為教育學程的入門課。

　　「國音及說話」課程論述的範圍有兩大方向，一是「國語語音學」，學科屬性為語音專業知識，這部分的課程從當代標準國語的定義與歷史淵源，到基本發音原理，到國語語音聲韻調的搭配規則，也提及國語的變調、兒化韻、語音輕重、連音變化等；這門

課程旁及的另一個面向是「說話」，這部分專業知識屬性為口說實務能力，也就是教學者能運用流暢標準的國語進行各類學科教學，還有在培訓朗讀、演講或是辯論比賽等競賽選手時，教師自身應具備的正音知識。「國音及說話」這門課程除了充實教師國語語音知識，訓練教師在說國語時咬字能清晰正確，同時也培養教師未來在國小任教時對注音符號教學的學科基礎；未來也能親自示範正確的國語發音，培養國小學童口語表達能力。

因為國民小學普通科教師是包班制，無論是哪一個科系畢業，只要擔任普通科小學教師，均須擔任國語科與數學科的級任老師，若是擔任國小一年級的級任導師，小學生入學後，前十週要進行注音符號拼讀教學，日後在國語科教學上也必須指導學生聽

寫、朗讀等等，即使不是一般科教師，在教育現場中，以國語口說方式表達傳授教學內容；與其他教師、學童、家長溝通時，也都需要有流利標準的國語表達能力，因此身爲一位教師，必須對自己的國語口說咬字有自我省察的能力，自覺使用「標準國語」作爲「教學語言」。

相信大家都看過電視上主播在播報新聞，主播在口語上表現出來的字正腔圓與抑揚頓挫，絕對不是每一個人都能做到的。事實上，臺灣人說「國語」的能力雖然普遍表現及格，但臺灣人在細緻的國語語音表現上仍有需要注意的地方，例如在社會上普遍出現把ㄦ讀成ㄜ的語音偏誤，而翹舌音ㄓㄔㄕㄖ的掌握也是臺灣老師必須自覺的課堂口語重點，若是對於自身語音偏誤毫無自覺，會造成學生對教學口語指令的認知誤會與困難，

因此，教師必須對「標準國語」有正確的認識，並能在教學上自然的示範與使用，這就是學習國音學的最終目的。

Contents

目錄

第一章 國語的定義

「國語」指的是一個國家中大多數人民所使用的語言，世界上大約有七千多種語言，每一個民族都有自己的語言，每一個國家也都有一種以上的通行語言，論斷一個國家的國語是哪一種語言，有時不是一件容易的事。因為每一個國家的組成民族與歷史沿革有時候並不單純，而語言本身也因為社會群體的不斷使用，在語音、詞彙、語法、語用等各種內部結構上漸漸改變語言的樣貌。本章將討論「國語」及我國「國語」的定義，以及培訓一位專業教師，為何必須重新學習早已掛在我們口中的「國語」。

【第一節】何謂國語

一、你的「國語」不一定是我的「國語」

每個國家的人民彼此之間溝通都會有一種或多種通行語言，這種國內的通行語就是「國語」。「國語」這個詞，會依著每個人的國籍不同而有不同的認定，例如：日本人認為他們的國語是日語；馬來西亞人認為國語是馬來語。有些國家的通行語言會被指定為「官方語言」，也就是一個國家在施政與執行法律時所用的指定語言，但國語、官方語言與國家通行語之間，依據國情的不同，有很多不一致的現象。

1923 年，中華民國教育部國語統一籌備會第五

次會議決議，基於現代北方官話的白話文語法和北京話語音制定標準化漢語，稱為「中華民國國語」。由此可知我國的標準語指的是以北京音系為基準語音的現代漢語（Modern Mandarin Chinese），有時會俗稱國語為「北京話」，但實際上北京話跟標準國語還是有區別的，北京話相較於國語，兒化音更多，也有許多地方性的方言詞，還有許多合音現象（如「不知道」讀「不兒道」、「告訴你」讀「告兒你」）等等。因此不可把北京話跟標準國語等同視之。

　　「漢語」這個名稱本來指的是「漢民族的共同語」，廣泛來說，「漢語」其實是中華民族的共同語言，因此也可稱為「華語」。在世界各地有許多華僑，彼此間都是以華語溝通，雖然各地的華語在腔調和用詞上稍有差異，但還是可以溝通無礙，這種華人間互相溝通的語言就稱之為「華語」。

　　1955 年中華人民共和國全國文字改革會議上，將「國語」改稱為「普通話」，普通話的標準是「以北京語音為標準音，以北方話為基礎，以典範的現代白話文著作為語法規範。」所謂的「普通」意思是「普遍通行」，普通話的意思就是「國內普遍通行的共同語」。

　　因此我們可以說，一開始規範國語和普通話的立基點，都是以北京話為語音標準的，但兩者因為各自使用於不同社會人群與相關政府單位的逐年修正語言規範，因而逐漸各自形成自己的語音詞彙語法特點，但就其語言本質而言，兩者都是現代漢語，彼此之間亦能互通。以下羅列民國初年重要的國語推行重大事

件（資料來自中華民國教育部部史 http://history.moe. gov.tw/milestone.asp）：

民國	西元	月份	紀事
6	1917	10	全國教育會聯合會第三次會議，呈部議案有：添設大學，訂定國語標準並推行注音字母。
7	1918	11	教育部發布〈注音字母表〉，其中聲母二十四、介母三、韻母十二，共三十九音。
8	1919	4	國語統一籌備委員會成立。
8	1919	10	全國教育會聯合會第五次會議，呈請教育部廢止〈教育宗旨〉，宣布教育本義，推行國語。
9	1920	2	國語統一籌備委員會函送新式標點符號報部，部咨行各省區轉發各校使用。
9	1920	10	全國教育會聯合會第六次會議，定北京音為國音並發布《國音字典》等。
15	1926	11	教育部發布國語統一籌備會所訂定之「國語羅馬字拼音法式」。
21	1932	5	教育部發布《國音常用字彙》。

二、「國語」時有所變

「國語」這個詞在歷史上所指稱的內容時有所變，元代時統治當局規定以蒙古語為「國語」；而清代的「國語」指的是滿語，當然使用族群主要是滿族。社會大眾以漢民族居多，彼此之間仍然有一套漢民族的共同語，只是不以國語稱之，清代時將漢民族

的共同語稱之為「官話」。

　　在西元 1895 年到 1945 年這五十年間，臺灣為日本的殖民地，日本人治臺之初，即制定推廣日語政策，明治 29 年（西元 1898 年）臺灣總督府在全臺設立「國語傳習所」共計 14 所，積極推行皇民化運動，大力推行「國語」，一般臺灣家庭如果日常生活使用「國語」作為溝通語言，通過申請，可受封為「國語家庭」，受封的家庭可以得到一些實質的生活優惠，如其子女進小學校或中等學校、被任用為官公署職員、獲得各種營業許可等。以上種種獎勵措施，刺激了臺灣人申請國語家庭的意願，到了昭和 17 年（西元 1942 年），全臺灣總共有將近一萬戶的「國語家

【國語家庭認定證書】

圖片來源　國立臺灣歷史博物館

庭」，總人數佔當時人口的 1.3%。

由此可知，臺灣在日治時期的「國語」是日語，在臺灣光復後，因國民政府積極推行「國語」，這時候的國語又變成「現代標準漢語」了。

從高等教育辦學的歷史來看，在西元 1895 年時，日本政府在臺北城內設立了「臺灣總督府國語學校」，學校的「語學部」底下分為「土語科」和「國語科」，「國語科」講授的是日語，「土語科」所教的是漢文，也就是用「臺灣閩南語文讀音」來朗誦中國古典文學作品。

由此可知，當時臺灣民間通行的生活語言應是臺語（臺灣閩南語），而「國語」這個詞彙是日語漢字詞，在日本的「國語」科講授的是日語和日文，漢語吸收了日語的詞彙與字形，有了「國語」的概念，至今我國的教育體系中仍把本國語文學科稱為「國語」、「國文」，中國大陸則稱為「語文」科。

因政治的輪替，在日治時期，臺灣的國語指的是日語，而現在的國語指的是現代標準漢語。因此，「國語」的實際內涵是可以隨著國家、時代以及社會共同認知而指稱不同的語言的。

自 1945 年後，我國使用「現代標準漢語」作為官方場合與官方文書使用的語言，稱呼上沿用日治時代使用的「國語」，因此我們所說的「國語」指的就是「現代標準漢語」，日本把這種語言稱為「中國語」。而中華人民共和國所使用的「普通話」一詞，跟「國語」一樣都是和製漢語（現代漢語中從日語借用的新詞），意思是「國內『普』遍『通』行的語

言」，跟「國語」的意思「『國』內通行的語言」一樣，都是指「現代漢語」這種語言，而遍布全球各國的華人，將這個通行語稱為「華語」，意思是「中華民族的共同語言」。這個語言在政府單位不斷的規範之下，雖然產生了一些細緻的差異，但全球的華人仍能以這套共通語互相溝通。

【日據時期「國語」讀本】

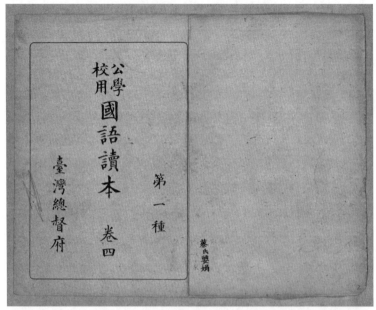

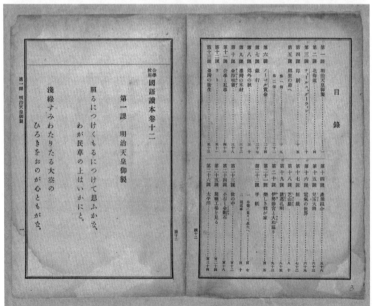

圖片來源 中央研究院臺灣史研究所檔案館典藏／公學校用國語讀本（卷 3 第 1 種）／年代：昭和 13 年（西元 1938 年）

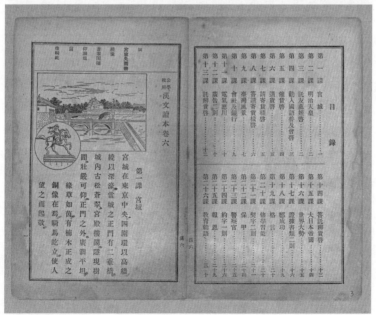

圖片來源 中央研究院臺灣史研究所檔案館典藏／公學校用漢文讀本／大正 14 年（西元 1925 年）

【第二節】國語、國家語言與官方語言

我們把國語定義為「一個國家中大多數人民的通行語言」，而不是直接按照字面解釋為「國家語言（National Languages）」，那我國的國語是否就是「國家語言」呢？

在民國 108 年 1 月 9 日公告的「國家語言發展法」中，將我國的「國家語言」定義為**臺灣各固有族群使用之自然語言及臺灣手語**。臺灣因為長住之族群越來越多元，同時因為婚配關係而生下的新住民子弟也越來越多，為尊重國家多元文化，同時促進國家語言之傳承與發展，因此在立法時採用了多元平等的角度來定義國家語言，可見我國的「國家語言」並不專指一種語言。

而「官方語言」指的是政府機關使用的正式語言，是公民與其政府機關通訊時使用的語言。也是官方場合與官方文書使用的語言，而我國目前並沒有公告「官方語言（Official Languages）」為哪一種語言，而在實際使用上，我國均以「現代標準漢語」作為官方語言。

觀察臺灣的鄰國，以新加坡為例，新加坡的華人佔 74.2%，馬來人佔 13.4%，坦米爾人佔 9.2%，以華人為多數人口族群的新加坡，因為在 1980 年代全

面廢除華校制度，將原來的華校改成全英語教學，所以英語是目前新加坡華人最主要的語言，新加坡規定的「官方語言」有英語、華語、馬來語及坦米爾語。新加坡的憲法則明文規定「馬來語」為新加坡的「國語」。

　　從以上對於我國與鄰國關於語言的相關法律與實際國情來看，一個國家中大多數人民的通行語言，並不一定等同於一個國家法律中所規定的「官方語言」或「國家語言」，我國的「國語」，在政府公務機關與社會大眾之間通行使用的語言為「現代標準漢語」。在官方文書上，從民國 21 年〈教育部布告第 3051 號〉及〈請公布國音常用字彙函〉中的內容可以得知，國音的標準採用北平地方的現代音系，但不是逐字按照北京土音，而是綜合南北語言習慣，多所通融斟酌而成的現代標準國語。

【〈教育部布告第 3051 號〉及 〈請公布國音常用字彙函〉】

教育部布告第三零五一號

查國音字典一書，於民國九年經前教育部公布在案，迄今十餘載，遺闕尚多。民國十七年，本部國語統一籌備委員會成立，重修國音字典，改編為國音常用字彙一書。茲據該會呈送前來，復經本部審查，認為適當，合亟公布，以資應用。

此令。

中華民國廿一年五月七日，

教育部部長朱家驊。

【附本會請公布國音常用字彙函】

部長：

民國二年，前讀音統一會議決審定六千五百餘字之國音，業經本會於民國八九兩年增廣並校改為國音字典，由大部於九年十二月二十四日公布在案。查此項國音字典，通行至今，已逾十年；全國教科注音，交通用語，一以此書所定讀音為標準。惟十年以來，本會廣諮博訪，拾補闕遺，謂宜增修。得兩原則：一則標準地方，應予指定，免致語言教學，諸感困難；一則聲調標號，應行加入，免致字音傳習，竟涉朦朧。故民國十二年本會第五次大會時，即組織國音字典增修委員會，逐字審改。旋以政局不寧，中經停滯。迄民國十七年本會奉令改組後，一面成立中國大辭典編纂處，重修國音字典；一面選定普通常用諸字，改編國音常用字彙一書。前書蓋括古今，正事蒐集；後書則專便應用，劉已觀成。其於第一原則，則指定北平地方為國音之標準。所謂標準，乃取其現代之音系，而非字字必遵其土音；南北習慣，宜有通融，仍加斟酌，俾無窒礙。是與民國九年國音字典公布文中所言"要在使人人咸能發此公共之國音，但求其能通詞達意，彼此共喻"者，其旨趣固為一貫。且前公布文中已謂"國音字典所注之音什九以上與北京音不期而暗合"，則今茲所改，其字數抑又無多，不過明示標準地方，俾語言教學上能獲具體的模範而已。其於第二原則，則第一式注音符號，聲調既逐音標明於上，而第二式國語羅馬字，聲調又具存拼切之中。於是字有定音，音有定調；音調者隨義變，別出其字，不令混淆。凡諸體例及諸要義，具載卷首，為本書的證明二十有六條。際茲國難方殷，民族精神，亟宜統一；民眾智力，尤應啟發。國音確定，則語言可同而情或互通，畛域斯泯，而精神易結；文字注音，則識字自易，而施敎能廣，文盲悉除而智力日增。用是本會亟將國音常用字彙一書，督促印成，檢附一百五十份，送呈大部，請依舊例，迅予公布，俾此後教育，交通，工商各界，一律用此書所定國音為注音習語之標準，以資統一而利推行，實為公便。

國語統一籌備委員會

主席吳敬恆。

中華民國廿一年四月廿八日。

圖片來源 《國音標準彙編》（民國 41 年，臺灣省國語推行委員會編印）

問‧題‧與‧討‧論

1. 語言應該屬於「族群」還是「國家」還是其他？

2. 印度的國語是甚麼？瑞士的國語為何？

3. 從「國家語言發展法」的定義來看，哪些語言是我國的國家語言？

4. 「國家語言發展法」中第 13 條中規定政府應獎勵國家語言廣播、電視專屬頻道及各種形式通訊傳播服務。你目前看到哪些「國家語言」的電視專屬頻道？各在幾號頻道？

5. 目前我國的國語、國家語言與官方語言所指的是哪種語言？

6. 哪些國家的官方語言是英語？以下這些國家的官方語言是什麼語言？請查查看。

　①葡萄牙

　②巴西

　③菲律賓

　④紐西蘭

　⑤西班牙

　⑥阿根廷

　⑦智利

　⑧墨西哥

　⑨埃及

　⑩瑞士

7. 現代標準國語是不是完全等同於北京話呢？

【第三節】標準國語是教師的教學語言

現代教育普及，大家幾乎都能說得上一口流利且還算標準的國語，為何在國民小學師資培育課程中還要規定「國音及說話」為必修課程呢？

國小師資培育階段，「國音及說話」列為師資培育學程必修的第一門課程。這門課程論述的範圍有兩大方向，一是「國語語音學」，學科屬性為語音專業知識，從國語語音的定義與歷史淵源，到基本發音原理，到國語語音聲韻調的搭配規則，也提及變調、兒化韻、語音輕重、國語連音變化等；另一個面向是「說話」，這部分專業知識屬性為口語表達能力，也就是教學者能運用流暢標準的國語進行教學，還有朗讀、演講或是辯論比賽等語文活動進行時應注意的規則與要點。

在通過「國音及說話」的學科教育後，師資培育生對國語的標準有更深入的認識，也更能流暢使用標準國語進行溝通，而後所修習的師資培育課程──「國語文教材教法」中，師培生能學到各種語文科教學法，包含注音符號教學、識字與寫字教學、閱讀教學、聆聽教學、說話教學、寫作教學、課外閱讀指導以及如何編寫語文科教案等。

身為一位教師，必須對自己的語言表現有自我

省察的能力，「標準國語」是身為一位教師必須自覺使用的「教學語言」。相信大家都看過電視主播在播報新聞，資深主播在播報新聞時所表現出來的字正腔圓與抑揚頓挫的聲調，這絕對不是每一個人都能做到的。

在臺灣的社會中，除了國語之外，經常聽得到的語言還有閩南語和客家話。臺灣的閩南語人口比例約為 70%，客家話人口約為 15%，另外還有大約 3% 的原住民族使用南島語，「國語」作為臺灣 2,300 萬人之間最主要的溝通語言，讓不同族群的人可以順暢的溝通，因此可以說「國語」是我國社會的「共同語」、「通行語」。臺灣社會中除了閩南語和客家話兩種常見的漢語方言之外，還有第二次國共內戰後來臺的的外省人，佔全國人口比例的 13%，外省族群使用各種漢語方言，而臺灣有 3% 的臺灣原住民人口（共有 16 族）所使用的南島語言，現今的臺灣社會中來自中國大陸、越南、柬埔寨……等等地區的外籍配偶越來越多，他們被稱為臺灣的「新住民」。根據內政部 2018 年的統計，目前已經取得中華民國身分證的新住民人口已經超過 65 萬人，新住民為臺灣帶來更多樣化的語言風貌，但臺灣社會仍是以「國語」作為最主要的通行語言，這一點尤其在教育上最為明顯，在臺灣的國民教育系統內，一律都是以「標準國語」作為教學語言的。

事實上，臺灣人說「國語」的能力雖然說普遍及格，不至於造成像南寧人因為語音偏誤，把「難受想哭」說成「藍瘦香菇」這樣爆紅的流行語現象，但臺

灣人在細緻的語音表現上仍是需要注意的，例如在臺灣網路社交平臺上最近流行的「鵝子」、「女鵝」，就是臺灣社會上最普遍的把ㄦ讀成ㄜ的語音偏誤。而翹舌音的掌握也是臺灣老師必須自覺的課堂語音重點，例如要學生「拆（ㄔㄞ）拆（ㄔㄞ）看」卻說成「猜（ㄘㄞ）猜（ㄘㄞ）看」且毫無自覺，影響學生對老師教學口語指令的認知。而師培生在通過教師檢定，取得教師證後，在參與各縣市舉辦的教師甄選時，在試教過程中如果國語表達能力不佳，地方口音過重或音量太小，都會造成評審扣分，而失去成為正式教師的機會。（見附錄一〈國民小學及學前特殊教育教師聯合甄選試教評分標準建議〉）

在小學教師的教學能力上，因為國民小學普通科教師是包班制，無論是哪一個科系專長畢業，只要擔任普通科小學教師，均須擔任國語科與數學科的級任老師，若是擔任國小一年級的級任導師，小學生入學後，不但要進行十週的注音符號教學，日後在國語科教學上也必須指導學生聽寫、朗讀等等，若是老師自身對自己的語音沒有自覺認知，自己讀「ㄜˊ女」，卻要小學生聽寫出「ㄦˊ（兒）女」；自己讀「很（ㄏㄣˇ）久（ㄐㄧㄡˇ）」卻要學童聽寫出「恆（ㄏㄥˊ）久（ㄐㄧㄡˇ）」，自己讀「五（ㄨˇ）歲（ㄙㄨㄟˋ）」卻要學童聽寫出「午（ㄨˇ）睡（ㄕㄨㄟˋ）」，這樣的教學肯定會造成學生的認知困難，因此教師必須對「標準國語」有正確的認識，並能在教學上自然的示範與使用標準國語，這就是學習國音學的最終目的。

第二章 國語的歷史源流

經常聽到有人說民國初年因為一票之差，導致某個方言成了國語。其實「國語」這個概念是中國歷代以來一直都有的，「國語」就是南來北往的社會大眾使用的共同語言，可以說是社會共識下自然形成的語言，以下說明國語的形成歷史，以及記錄國語語音的符號來源。

【第一節】歷代如何指稱通行語

一、孔子也會說國語

中國歷代以來，天下政局大勢或分或合，社會上一直都有一個約定俗成的通行語，不管政局的分合，無論各地的方言如何複雜多變，只要離開了自己的家鄉，就必須使用通行語來行走江湖。在《論語‧述而第七》中提到：

「子所雅言，《詩》、《書》、執禮，皆雅言也。」

孔子給弟子們上課時講授《詩經》、《書經》的時候，用的是「雅言」，執行重要典禮、儀式的時候，也是用「雅言」。從論語的記載可以得知，在先秦時代，就有通行語的存在，這個語言稱之為「雅

言」。「雅言」的意思是「標準的語言」。「雅」的部首是隹部，本義是鳥類，因此「雅」是「夏」的通假字，「夏」的字形本義是「中國人」，「雅言」就是以夏朝國土境內的方言為基礎的共同語。因此，「雅言」也可以說是「華夏的標準語言」。而孔子不上課的時候，面對家人和鄰里的時候，用什麼語言呢？就如同現代社會一樣，使用的是家鄉語言，孔子是山東曲阜人，平時孔子說的是魯國話，到了課堂上，面對來自衛國（河南北部與河北南部一帶）的子貢、來自魏國（今陝西渭南）的子夏、來自吳國（今江蘇省蘇州常熟一帶）的子游、來自陳國（今河南淮陽縣）的子張……，孔子門下有三千弟子，來自南方的子游來到魯國孔子門下，如果孔子不能使用雅言與學生溝通，恐怕在教學上會有很大的障礙。

到了戰國時代，天下政局處於分裂的狀態，跨國之間語言的使用，可以參考《孟子‧滕文公章句下》：

孟子謂戴不勝曰：「子欲子之王之善與？我明告子。有楚大夫於此，欲其子之齊語也，則使齊人傅諸？使楚人傅諸？」曰：「使齊人傅之。」曰：「一齊人傅之，眾楚人咻之，雖日撻而求其齊也，不可得矣；引而置之莊岳之間數年，雖日撻而求其楚，亦不可得矣。」

從以上《孟子》的篇章中提到「齊語」、「楚語」的問題，可見在戰國時期，各國有不同的使用語

言，楚國和齊國的語言是不同的，因此必須要特別學習他國的語言，那戰國時不同國家的人要相互溝通要講甚麼語言呢？孟子沒有特別提到如何指稱這個戰國時代的通行語言。

到了歷史上第一個統一的時代——秦代，西元前221年，秦始皇統一六國，下令全國「書同文、車同軌」。統一了天下的書寫文字以及車軌及度量衡，但並沒有統一天下的語言，因為要為天下語言建立統一的規範在當時並不是一件容易的事，天下之大，各地的語言差異極大，要統一語言不如先統一文字。而西漢的思想家揚雄做了《輶軒使者絕代語釋別國方言》一書。因為在秦朝之前，政府都會派輶軒使者（乘坐輕車的官員）去各地採集不同的方言材料，而西漢終於統一政權後，派任揚雄開始整理之前所記錄的各地語言資料，也親自記錄了一些自己的調查結果，耗時二十七年才完成此書。中國歷代以來一直都是用漢字記錄語音，沒有創造過專門的標音符號，因此揚雄還自創一些奇特冷僻的漢字，以便記錄一些地方採錄到的特殊語音。揚雄的《方言》是中國第一部記錄各地不同語言的著作。本書內容有以下三段：

　　憮，㤅、憐、牟，愛也。韓鄭曰憮，晉衛曰㤅，汝潁之間曰憐，宋魯之間曰牟，或曰憐。憐，**通語也**。（《方言・第一》）
　　嫁、逝、徂、適，往也。自家而出謂之嫁，由女而出爲嫁也。逝，**秦晉語也**。徂，**齊語也**。適，宋魯語也。往，**凡語也**。（《方言・第一》）

　　鈝、嫽，好也。青徐海岱之間曰鈝，或謂之
嫽。好，凡通語也。(《方言‧第二》)

　　揚雄用漢字記錄各地不同的用詞發音，如果各國
之間有可以互通的共同詞彙，就會在每個段落的最後
說明，這個共同用語稱為「通語」、或稱「凡語」或
「凡通語」。揚雄的《方言》說明了即使在天下各國
分立的時代，各國之間仍有一個共同語言的存在，以
利天下人民彼此溝通。

　　到了東漢，朝廷遷都洛陽，因為政治經濟中心的
轉移，通行語的標準也移到了洛陽，當時的朝廷官員
與文人雅士都把河洛音當成標準語，因為河洛音不同
於長安音，能以河洛音誦讀詩書稱之為「洛生咏」。

　　到了魏晉南北朝，北方士人還是以河洛音為通行
語，但南方士人逐漸以金陵雅音（南京音）當成通行
語，南北變成兩套語音標準，《晉書‧謝安傳》中
有以下記載：

　　「（謝）安本能爲洛下書生咏，有鼻疾，故其音
濁，名流愛其咏而弗能及，或手掩鼻而學。」

　　由此可知南方仕族雖然以金陵雅音為讀書音，但
內心其實仍尊崇北方標準，認為口音重濁的河洛音才
是正統的雅言。總之，歷代天下人的口音南腔北調，
差異極大，雖然沒有官方為天下語言建立一套統一的
規範，但在書面字音上有官修的韻書來規範字音讀
法。隋朝仁壽元年（西元 601 年）由陸法言編撰而成

的《切韻》，開創了韻書修撰的體例。在《切韻序》中，可以看到作者陸法言對天下語言的語音腔調描述：

「……以今聲調既自有別，諸家取捨亦復不同。吳楚（今浙江、江蘇）則時傷輕淺，燕趙（今山西、河北）則多傷重濁，秦隴（今陝西、甘肅）則去聲為入，梁益（今四川巴蜀）則平聲似去。」

可見隋朝時，南北方的語音、聲調、語音輕重都是頗有差異的，因此只能透過韻書的編制來規範漢字的書面語讀音，藉以融合南北語音的差距。

宋真宗大中祥符元年（西元 1008 年），陳彭年等人奉詔修撰《大宋重修廣韻》，這是第一部由官方修撰的韻書。《廣韻》就是根據《切韻》等韻書修訂而成。

元代官方規定「國語」為蒙古語，使用族群主要是蒙古人，而清代的「國語」是滿語，使用族群主要是滿族。但對於元代的普羅大眾，還是有通行於當時北方廣大地區，應用於交際場合的漢民族共同語，其語音系統記錄於元代周德清所作的《中原音韻》。《中原音韻》反映的是元代時實際的漢語語音系統。

到了清代，官方修撰的韻書有依據平水韻的一百零六個韻部修訂而成的《佩文韻府》與《詩韻集成》，是古典詩寫作參考的正統韻書。明清時代將社會上的通行語稱為「官話」。

二、近代對國語的認知

　　我國國語是指現代標準漢語，在英文中稱為 Standard Mandarin Chinese，意思是官方使用的漢語，也就是跨越連結各地漢語方言，在正式場合使用的漢語。

　　Mandarin 語源來自葡萄牙語 Mandarim，而葡萄牙是借自馬來語 Menteri，十六世紀時葡萄牙人以 Mandarim 一詞指稱當時的明朝官員，Mandarim 在語義上有官員、朝臣的意思，後來由朝臣引申為朝臣所說的語言也稱為 Mandarim，後來傳至英文寫成了 Mandarin，意思是官吏使用的語言，相當於我們現在所說的「官方語言」。

　　明清時期將當時的通行語稱為「官話」，中國歷代以來，天下政局大勢或分或合，各地有各地的方言，中央官員被派到各地任職，必須有說官話的能力，否則派駐到南北各地，很難與各地官員溝通。而只要需要往來不同方言區的人，就有使用官話的需求，因此往來各地買賣貨物的商賈和進城考試上學的讀書人以及派任各地的官員，都必須學會使用通行語。

　　清代余正燮《癸巳存稿》卷九〈官話〉中曾提到：

　　「清雍正六年，奉旨以福建、廣東多不諳官話，著地方官訓導，廷臣議以八年為限，舉人、生員、貢、監、童生不諳官話者，不准送試。」

可見在清朝時，朝廷還必須派遣師長來教學生說「官話」，如果不會說通行語，是會影響個人仕途官運的。

又如位於臺灣彰化縣彰化市孔廟旁的「大成幼稚園」，在清朝時，原址本來是白沙書院，在 1917 年時改設為「彰化第二幼稚園」，國民政府來臺後改稱為大成幼稚園。在當時公立的幼稚園非常少，在名額有限的情況下，想進入幼稚園讀書必須通過篩選機制，遴選的方式採用「面試」，教師以「國語」詢問幼童姓名與家中住址，能聽得懂教師問題，並能以國語應答的孩童即通過面試，得以進入大成幼稚園就讀。可見在早期的臺灣社會，能聽、說國語並不是如同現代社會普遍的。而「國語」在國民政府的教育政策下，已成為教師教學所使用的語言了。

【第二節】標準國語的規範過程

　　中國歷代以來政府只統一過文字體系，沒有統一過國家標準語言，雖然從文獻來看，從孔子就有通行語的存在。但歷來政府沒有精確規範過「國語」的標準。

　　中華民國成立後，語言學家們均認為應規範民族共同語標準音，因此 1913 年 2 月在北京召開讀音統一會，以投票方式確定了「國音」標準，制定了「老國音」的國音系統，以「京音為主，兼顧南北」的國音，具有入聲。同期並制定了注音字母第一式，審定了 6500 多個字的標準讀音。1918 年教育部正式公布了「國音」字母，採用國學家章炳麟（章太炎）的《紐文韻文》中使用的記音符號作為注音字母，為「取古文篆籀徑省之形」的簡筆漢字，這就是我們現在使用的注音符號。

　　1920 年，由「增修國音字典委員會」確立國語「以北平讀法為標準音」，即「**新國音**」，並開始在全國學校推廣。

　　1923 年，中華民國教育部國語統一籌備會第五次會議決議，基於現代中國北方官話的白話文語法和北京話語音制定標準化漢語，稱為「中華民國國語」。

　　1932 年 5 月，中華民國教育部正式公布並出版以新國音為標準的《國音常用字彙》。

　　在中華人民共和國，1955 年的全國文字改革會議上，將「國語」改稱為「普通話」，普通話的標準是「普通話以北京語音為標準音，以北方話為基礎，以典範的現代白話文著作為語法規範。」所謂的「普通」意思是「普遍通行」，普通話的意思就是「國內普遍通行的共同語」。

【第三節】注音符號的創制過程

　　「注音」就是為國字注解讀音，注音符號的設計，繼承了中國歷代以來的注音方式「反切」。反切注音法是以漢字為漢字注音的方式，是注音符號發明之前，中國使用了一千多年的注音法，如：「東，德紅切」，「德」代表的是「東」的聲母ㄉ；「紅」代表的是「東」的韻母ㄨㄥ及調類（平聲）（見本節課堂習作第一頁書影）。

　　注音符號的設計改良了傳統的反切注音法，簡化並固定了所使用的漢字，這也是中國歷代以來第一次為了注解國字讀音創造一套全新的字母。

　　民國初年時，有些法國留學生在報紙上倡議認為中國應該廢除漢文，改用「萬國新語」（Esperanto世界語），國學家章炳麟（章太炎）深不以為然，他認為「切音之用，只在箋識字端，令本音畫然可曉，非廢本字而以切音代之。」他認為漢文不能用拼音文字（切音）來替代，但是漢字的確有需要精確標音的必要，因此他在 1908 年第 41 卷《國粹學報》中發表《駁中國用萬國新語說》一文，文中發表他創造的 36 個紐文（聲母），22 個韻文（韻母），說明這套符號「皆取古文篆籀徑省之形。以代舊譜。」這套符號即為今日注音符號的前身。之後在北京召開的讀

音統一會，對於章太炎的這一套注音字母加以討論修改，1918 年教育部正式公布採用這一套記音符號作為國音字母（民國 7 年 11 月 23 日）。1920 年，教

公布兩式國音字母的令

I. 教育部公布注音字母令

教育部令第七五號

查統一國語問題，前清學部中央會議業經議決。民國以來，本部鑒於統一國語必先從統一讀音入手，爰於元年特開讀音統一會，討論此事，經該會會員議定注音字母三十有九，以代反切之用，並由會員多數決定常用諸字之讀音，呈請本部設法推行在案。四年，設立注音字母傳習所，以資試辦。迄今三載流傳浸廣。本年，全國高等師範校長會議議決，於各高等師範學校附設國語講習科，以專教注音字母及國語，養成國語教員為宗旨。茲議決案已呈由本部采錄，令行各高等師範學校遵照辦理。但此項字母未經本部頒行，誠恐傳習既廣，或稍歧異，有乖統一之旨。為此，特將注音字母三十九字正式公布，以便各省區傳習推行。如實有須加修正之處，將來再行開會討論，以期益臻完善。

此令。

中華民國七年十一月廿三日，

教育總長傅增湘。

【附記一】九年五月二十日，本會特開臨時大會，議決分"ㄛ"為"ㄛ"與"ㄜ"，自此以後，遂增三十九之數為四十。

【附記二】十九年四月廿九日，國民政府訓令行政院，改注音字母之名稱為注音符號。

II. 大學院公布國語羅馬字拼音法式令

中華民國大學院第十七號布告

為布告事：

查國語統一籌備會製定國語羅馬字拼音法式，兩年以來，精心研究，多方試驗，期於美善。其致力之勤劬，用意之周到，至堪嘉尚。茲經本院提出大學委員會討論，認為該項羅馬字拼音法式，足以喚起全國研究語音學者之注意，並發表意見，互相參證；且可作為國音字母第二式，以便一切注音之用，實於統一國語有甚大之助力。特予公布，俾利推廣而收宏效。

此布。

中華民國十七年九月廿六日，

院長蔡元培。

（大學院的布告後面，附錄十五年本會的布告，現亦照錄如下）：

本會於民國十二年開第五次大會時，據中華教育改進社函送國語字母組議決案一件，大意稱本社為促進本國教育，增加國際諒解，以應時代需求計，求認國語拼音用羅馬字母之便利與必要，應取外人在華及本國學者所制定之各種拼音制度比較審查，採取眾長，融合為一種羅馬字母拼音標準制，呈請教育部公布與注音字母同時推行等因。比經大會議決：照章組織羅馬字母拼音研究委員會，詳加研討。

該委員會成立迄今，已逾三載，

育部召開臨時大會（民國 9 年 5 月 20 日），議決分
「ㄛ」為「ㄛ」「ㆦ」二字母，注音符號增為 40 個。
1930 年（民國 19 年 4 月 29 日），國民政府訓令行
政院，將注音字母名稱改為「注音符號」。以下以表
格方式逐一說明注音符號的漢字字形來源。

【注音符號的漢字來源】

注音字母	漢字來源及讀音	字義解釋	說文解字釋義
ㄅ	ㄅ，ㄅㄠ	「包」的本字。	《說文解字》：「ㄅ，裹也，象人曲行，有所包裹。」段注：「今字『包』行，而『ㄅ』廢矣。」
ㄆ	ㄆ，ㄆㄨ	輕敲。	《說文解字》：「ㄆ，小擊也。」
ㄇ	ㄇ，ㄇㄧˋ	「冪」的本字。	《說文解字》：「ㄇ，覆也。从一下垂也。」
ㄈ	ㄈ，ㄈㄤ	一種盛物的器具。	《說文解字》：「ㄈ，受物之器。」
万	万，ㄨㄢˋ	「萬」的省寫。	《說文解字》：「萬，蟲也。或省作万。」
ㄉ	ㄉ，ㄉㄠ	「刀」的異體字。	《說文解字》：「刀，兵也。象形。」
ㄊ	ㄊㄨˊ	不順忽出。	《說文解字》：「不順忽出。从倒子。」
ㄋ	ㄋ，ㄋㄞˇ	「乃」之異體字。	《說文解字》：「ㄋ，曳詞之難也。象气之出難。」
ㄌ	ㄌ，ㄌㄧˋ	「力」的古文異體。	《說文解字》：「筋也。象人筋之形。」

注音字母	漢字來源及讀音	字義解釋	說文解字釋義
巛	巛，巛ㄨㄞˋ	田間的水道。	《說文解字》：「巛，水流澮澮也。方百里為巛，廣二尋深二仞。」「澮」的本字。
ㄎ	ㄎ，ㄎㄠˇ	氣受阻礙而無法舒出。	《說文解字》：「ㄎ，氣欲舒出，勹上礙於一也。」
兀	兀，ㄨˋ	高聳特立。	《說文解字》：「高而上平也。从一在人上。」
厂	厂，ㄏㄢˇ	山邊可以居住人的崖洞。	《說文解字》：「厂，山石之厓巖，人可居。」段注：「厓，山邊也；巖者，厓也；人可居者，謂其下可居也。」
ㄐ	ㄐ，ㄐㄧㄡ	互相糾結纏繞。	《說文解字》：「ㄐ，相糾繚也。」
ㄑ	ㄑ，ㄑㄩㄢˇ	「畎」之古文。	《說文解字、大徐本》：水小流也。
广	广，ㄧㄢˇ	四周無壁之房屋。	《說文解字》：「因广為屋，象對刺高屋之形。」
ㄒ	ㄒ，ㄒㄧㄚˋ	「下」的篆文。	《說文解字》：「底也。指事。下，篆文ㄒ。」
屮	屮，屮	「之」的本字。	屮，出也。象艸過屮，枝莖益大，有所之。一者，地也。
ㄔ	ㄔ，ㄔˋ	步伐。	《說文解字》：「小步也。象人脛三屬相連也。」

注音字母	漢字來源及讀音	字義解釋	說文解字釋義
ㄕ	ㄕ，ㄕ	「尸」的異體字。	《說文解字》：「陳也。象臥之形。」
ㄖ	日，ㄖ丶	太陽。	《說文解字》：「實也。太陽之精不虧。」
ㄗ	ㄗ，ㄐㄧㄝ丶	古代一種代表身分與權力的信物。	《說文解字》：「卩，瑞信也。」 ＊民國初年時，卩還沒讀ㄐㄧㄝ丶，而是讀尖音ㄗㄧㄝ丶，故章太炎取卩作為聲母ㄗ之字形來源。
ㄘ	ㄘ，ㄑㄧ	「七」的異體字。	＊民國初年時，「七」還不是ㄑㄧ，而是讀尖音ㄘㄧ，故章太炎取ㄘ作為聲母ㄘ之字形來源。
ㄙ	ㄙ	「私」的古字。	《說文解字．ㄙ字．段注》：「公私字本如此，今字私行而ㄙ廢矣。」
ㄓ	ㄓ，ㄓㄚ	從倒ㄓ（之）。「匝」的本字。	＊韻符「ㄓ」舊稱「空韻」，注音時省略不標。
ㄚ	ㄚ，一ㄚ	物體末端分叉的地方。	《廣韻》：「ㄚ，象物開之形。」
ㄛ	ㄛ，ㄏㄜ	「呵」的本字。	《說文解字》：「ㄛ，反ㄅ也。」
ㄜ		老國音無此音，後由ㄛ字形添筆而成。	民國九年五月二十日，教育部國語統一籌備會審音委員會，決議在注音字母中增加「ㄜ」字母。
ㄝ	ㄝ，一ㄝˇ	通「也」。	

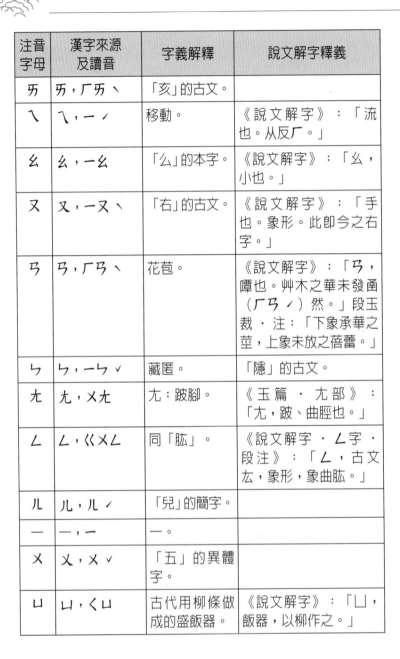

注音字母	漢字來源及讀音	字義解釋	說文解字釋義
ㄞ	ㄞ，ㄏㄞˋ	「亥」的古文。	
ㄟ	ㄟ，一ˊ	移動。	《說文解字》：「流也。从反厂。」
ㄠ	ㄠ，一ㄠ	「么」的本字。	《說文解字》：「幺，小也。」
ㄡ	ㄡ，一ㄡˋ	「右」的古文。	《說文解字》：「手也。象形。此即今之右字。」
ㄢ	ㄢ，ㄏㄢˋ	花苞。	《說文解字》：「ㄢ，嘾也。艸木之華未發圅（ㄏㄢˊ）然。」段玉裁・注：「下象承華之莖，上象未放之蓓蕾。」
ㄣ	ㄣ，一ㄣˇ	藏匿。	「隱」的古文。
ㄤ	ㄤ，ㄨㄤ	尢：跛腳。	《玉篇・尢部》：「尢，跛、曲脛也。」
ㄥ	ㄥ，ㄍㄨㄥ	同「肱」。	《說文解字・ㄥ字・段注》：「ㄥ，古文厷，象形，象曲肱。」
ㄦ	ㄦ，ㄦˊ	「兒」的簡字。	
一	一，一	一。	
ㄨ	ㄨ，ㄨˇ	「五」的異體字。	
ㄩ	ㄩ，くㄩ	古代用柳條做成的盛飯器。	《說文解字》：「凵，飯器，以柳作之。」

以下是宋代韻書《廣韻》的書影，請指出韻書上的漢字注音「反切」。

東 春方也說文曰動也从日在木中亦東風菜廣州記云陸地生莖赤和肉作羹味如酪香似蘭吳都賦云草則東風扶留又姓舜七友有東不訾又漢複姓十三氏左傳魯卿東門襄仲後因氏焉齊有大夫東郭偃又有東宮得臣晉有東關嬖五神仙傳有廣陵人東陵聖母適杜氏齊景公時有隱居東陵者乃以爲氏世本宋大夫東鄉爲賈執英賢傳云今高密有東鄉姓宋有貟外郎東陽無疑撰齊諧記七卷昔有東間子嘗富貴後乞於道云吾爲相六年未薦一士夏禹之後東樓公封于杞後以爲氏莊子東野稷漢有平原東方朝曹瞞傳有南陽太守東里昆阿氏姓苑有東萊氏德紅切十七

菓 東風菜義見上注俗加廿

𧄼 𧄼鴑鳥名美形辣出廣雅亦作𧄼辣獸名

側臻第十九
俟欣第二十一 欣同用
中許欣第二十一
許語元第二十二 魂痕同用
戶昆魂第二十三
胡安寒第二十五 桓同用
乎官桓第二十六
戶恩痕第二十四
所姦刪第二十七 山同用
間所山第二十八
分武文第二十 欣同用

「德紅切」是「東」的注音，稱爲「反切」。

山海經曰泰戲山有獸狀如羊一角一
目目在耳後其名曰涷
古文見瀧涷沾漬說文曰水出發

東郡古文見
館名道經

恉
魚名
道經

涷
鳩山入於河又都貢
切

鰊
似鯉

䗁
兒
行見
山名

崠
地名
山名上崠

又音陳音棟

涷
儡涷儡劣
兒出字謀

陳
上
地理
志云

柬
同

蠜
蠜蝀虹也
又音董

凍
又都
東凌

以上還有哪些地方有
「反切」或「又音」?

古書中常用某字替另一字注
音，「涷」除了「ㄉㄨㄥ」
外，還能讀「陳」、「棟」。

第三章 發音基本原理

◆【第一節】語音的物理性質

◆【第二節】發音的生理屬性

人類的口語溝通基本上是靠著發聲器官發出氣流，振動空氣產生音波，透過空氣的傳導，傳遞語音到聆聽者的耳朵內，聆聽者的大腦若能解碼這套語音訊息，就在大腦內解碼產生語義，而能夠理解說話者的心思。

在國語中，每一個「字」都是一個音節，國語的各種音節組合都是聲母和韻母的組合，聲母出現時間短，韻母音長較長，透過聲母和韻母的相互搭配，組合成多樣化的語音，構成整套國語的語音系統。

本章將說明語音的基本性質，以及人類在發音時如何為不同語音定位與區別不同音位。

【第一節】語音的物理性質

人在說話時透過肺部產出氣流，從口鼻中發出不同的聲音來表示內心的想法，人類發出的這些有語言意義的聲音，可以細分成輔音、元音和超音段等語音單位。我們通常稱之為聲母、韻母和聲調。

聲音是一種物理能量，人類利用發音器官振動空氣發出聲波，透過空氣的傳導振動他人的耳膜而由對方的大腦解碼這組聲波訊息。

如果以聲波的波形來區分，發出的聲波若是規律重複的波形，稱之為「樂音」，就像在音樂課時，經常以「ㄚ、ㄝ、ㄧ、ㄛ、ㄨ」這些聲音來做發聲練

習，這是因為口腔產生這些聲波時，波形是規律的，而且每發一個音，口腔均維持在一個固定的形狀，發出固定的音色，因此聽起來很悅耳，稱為「樂音」，國語的單韻母ㄧㄨㄩㄚㄛㄜㄝ都是週期波，也就是樂音。

　　反之，若發出的聲音波形不是規律的週期波，聽起來就是刺耳的，稱之為「噪音」，舉例而言，我們在發出「噓」聲時，「噓」是不振動聲帶的語音，這種聲音的週期波形就不是規律的，耳朵聽起來也是覺得刺耳的噪音。國語中大部分的聲母都是週期波不規律的噪音，如ㄙ、ㄒ、ㄕ……。

【樂音與噪音聲波示意圖】

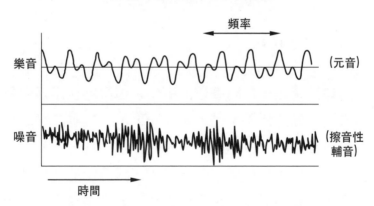

人類發出的語音在物理性質上有音長、音強、音高、音色四種性質，以下簡述之。

（一）音長

音長是指發音時聲音的長短，音長的決定條件是發音體振動的時間長短，振動的時間越長，音長聽起來就越長。

（二）音強

音強是指發音時聲音的強弱，音強的決定條件是發音體振動的幅度，也就是「振幅」。振動的幅度越大，音強聽起來就越強。說話時的輕重音就由音強決定，我們在讀輕聲詞時，輕聲詞尾的音強就會減弱。

（三）音高

音高是指發音時聲音的高低，音高的決定條件是發音體振動的快慢，也就是「頻率」。振動的頻率越高，音高聽起來就越高。一般而言，女性、年輕人和孩童的音高會高於男性和老年人。國語中的「聲調」就是利用音高的差異來區別語義，國語中音高的差異對比是相對性而非絕對性的，因此每個人說話的音高都是不一樣的，但完全不影響溝通。

（四）音色

　　音色是指發音時聲音的特色，音色的決定條件是發音體振動的波形曲折型態，每個人的音色都不一樣，發丫音和發ㄛ音聽起來音色不同，都是因為語音振動時的波形曲折狀態不同。

【第二節】發音的生理屬性

　　要發出聲音，必須要有健全的生理結構，包含了呼吸器官、口腔、鼻腔和聲帶。

　　呼吸器官包含了肺部、氣管等生理組織，一般不說話時，人都是規律的自主呼吸空氣，但說話時則是急速的不斷將氣體從肺部通過氣管由聲帶擠壓出來，直到一句話說盡了才猛烈回吸空氣入肺部，因此可知人類為了要能說話，必須調節原本可以規律自主呼吸的氣流，才能說上一句話，達到表達內心思想的目的。

　　喉嚨中有數片軟骨組成的喉頭，聲帶位於喉頭中間，是兩片有彈性的帶狀組織，兩片聲帶中間的空隙稱為「聲門」，聲帶的鬆緊可以控制聲門的開闔，聲帶振動後因鬆緊度的不同可以發出不同音高的語音。一般常聽到的「嗓子啞了」、「喉嚨發炎」，指的都是聲帶的問題。

　　口腔中最重要的發聲器官包含了雙唇、牙齒和舌頭。口腔上部位由前往後重要部位有：上唇、上齒、上齒齦、硬顎、軟顎和小舌；口腔下部位由前往後重要部位有：下唇、下齒和大舌（舌頭）；舌頭可以分為舌尖、舌面、舌根等部位。

　　透過舌頭前中後的各個部位與口腔中的某一部位

互相碰觸構成阻塞狀態，可以構成許多不同的輔音。
因此必須詳細辨析人體口腔內各個部位的名稱與正確
位置，才能發出標準的語音。

【人體發音器官圖】

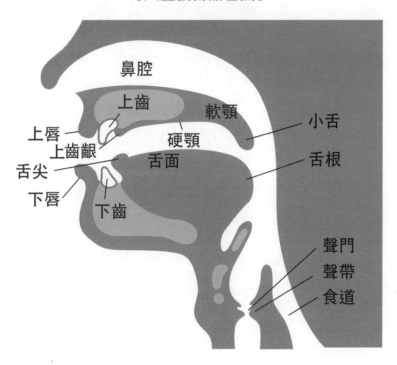

第四章 國語的語音系統與注音符號的設計

國語的音節可以分成聲母、韻母和聲調三大組成成分。韻母又能細分成三個組成部分：韻頭、韻腹和韻尾。其中韻頭又稱為介音，韻腹又稱為主要元音。

國語的音節中，主要元音和聲調這兩個成分是每一個國語音節必有的成分。缺少聲母的國語音節稱為「零聲母」。

本章要說明的是國語的聲母系統、韻母系統、聲調系統以及互相之間搭配形成的音系格局。在說明國語的語音系統前，我們有必要先了解國語語音的特點。

【第一節】國語的語音特點

在說明國語的語音系統前，必須先了解國語的語音特性。世界上約莫有七千多種語言，我國的國語——現代漢語是其中的一種語言，如果以世界普遍通行的語言——英語，來和我國國語做比較，國語大致上有以下三個語音特點：單音節、聲母氣流強弱有別、有聲調。

一、單音節

　　世界上的語言多數是多音節語言，音節（Syllable）的概念，是指一個語言中的自然結構單位。一個音節由一個母音（Vowel）構成，一個母音的前後不管帶多少子音（Consonant），都算是同一個音節。英語可以說是多音節語言的代表，以英語為例，以下的英文單字（Word）都是一個音節：

He（CV）
Bus（CVC）
Spa（CCV）
Springs（CCCVCC）
Strengths（CCCVCCC）

　　而英語經常都是以多音節的語音形式表達一個詞彙意義，如：

Win.dow 有兩個音節
An.i.mal 有三個音節
Su.per.vi.sor 有四個音節
Re.frig.er.a.tor 有五個音節
Re.spon.si.bil.i.ty 有六個音節

　　而國語是「單音節語言」，國語的一個音節就是一個意義單位，而每一個國語音節可能有好幾十種語

義，舉例而言，國語的一個音節：「ㄐㄧˊ」是一個獨立的語音單位，這個音節可能有很多意義，因此在書寫系統上必須創造出不同的漢字來作為區別，如「ㄐㄧˊ」這個音節形式就有「及、即、級、籍、吉、擊、寂、極、輯、集」等至少十個常用漢字來表述這個音節在意義上的各種可能。

國語中即便是兩個音節，仍有可能有好幾種意義，例如「ㄕˋ ㄌㄧˋ」這兩個音節形式，在漢字上的表述可能有「勢力」、「市立」、「視力」、「事例」、「勢利」、「釋例」等六種意義上的可能，在言談時，要確認「ㄕˋ ㄌㄧˋ」是甚麼意義，必須從整體語境（前後文 Context）來判斷。

「單音節」可以說是國語最顯著的語言特性，這也是為何我國國語無法像西方語言一樣使用拼音字母當成文字系統的原因，民國初年時的語言學家趙元任就曾經利用漢語音節有多種意義這樣的語言特性寫過一篇幽默的短文〈施氏食獅史〉：

石室詩士施氏，嗜獅，誓食十獅。施氏時時適市視獅。十時，適十獅適市。是時，適施氏適市。氏視是十獅，恃矢勢，使是十獅逝世。氏拾是十獅屍，適石室。石室濕，氏使侍拭石室。石室拭，氏始試食是十獅。食時，始識是十獅，實十石獅屍。試釋是事。

這一篇〈施氏食獅史〉，如果閱讀書面文字，可以得知這是一篇幽默的小品，但如果化為語音，因為全文從頭到尾都是同一種音節形式（ㄕ），只有聲調

不同，根本無法從朗讀中得知這一篇文章的內容，這一篇幽默短文也是趙元任先生用來駁斥民國初年一幫宣揚廢除漢字提倡將漢字拉丁化者的作品。

漢語和西方語言的確有本質上的差異，拼音化的文字系統並不適用於像漢語這種一音多義的單音節語言上。漢語單音節的特質必須搭配漢字這樣的形聲方塊字系統，才能在書面上有效閱讀。

國語有 22 種聲母形式，四種介音形式，16 種韻母形式，如果不論聲調，國語約有 411 種音節類型，如果搭配上四種聲調，再扣除沒有意義的聲韻調搭配音節（如ㄅㄠˊ、ㄅㄟˋ……），國語的音節數量約有 1334 個。教育部在 1979 年公告的常用國字有 4808 個，由此可知平均而言每一個國語的音節須承載 3.6 個不同詞義，這也就是國語中的同音字極多的原因。

二、氣流強弱語義有別

國語第二個特點是有送氣音和不送氣音對立的區別。用注音符號來表述就是有「ㄅ、ㄆ」、「ㄉ、ㄊ」、「ㄍ、ㄎ」、「ㄐ、ㄑ」、「ㄓ、ㄔ」、「ㄗ、ㄘ」等六組氣流強弱的對比而有語義區別，可以試讀以下最小對比語句：

1. ㄅ、ㄆ有別：你好棒／你好胖；伯伯／婆婆
2. ㄉ、ㄊ有別：讓你心動／讓你心痛；他很擔心／他很貪心

3. ㄍ、ㄎ有別：事業成<u>功</u> / 事業成<u>空</u>

4. ㄐ、ㄑ有別：太<u>久</u>了 / 太<u>糗</u>了

5. ㄓ、ㄔ有別：我<u>知</u>道了 / 我<u>吃</u>到了

6. ㄗ、ㄘ有別：<u>醉</u>雞 / <u>脆</u>雞

　　世界上的語言大多沒有利用氣流強弱區分語義這種語音特性，大部分的語言是有清濁音的對立而有語義區別。以英語為例，英語有以下八組清濁對立的輔音（子音）：

1.[p]：[b]　2.[t]：[d]　3.[k]：[g]　4.[ʃ]：[ʒ]

5.[s]：[z]　6.[f]：[v]　7.[tʃ]：[dʒ]　8.[θ]：[ð]

　　很多人都以為英語中的「<u>b</u>ig」和「<u>p</u>ig」的差別就是國語中的ㄅ、ㄆ，事實上英語的 b 並不完全等同於國語的ㄅ，因為英語的 b 在語流之中，雖然跟ㄅ一樣氣流偏弱，但發音時聲帶是振動的濁音（Voiced），西方人士經常會把國語中的ㄅ、ㄉ、ㄍ發音成英語的聲帶振動音 b、d、g，這也是造成外國人講中文時有種「洋腔洋調」感覺的其中一個原因，因為大多數語言都是利用清濁音的對立來區分語義的，而我國國語的聲母在都是清音的情況下又區別氣流強弱，是語言中的少數，因此氣流因強弱不同而語義有別可以說是國語的一個重要特點。

三、聲調不同語義有別

漢語是聲調語言（Tone Languages）。世界上的語言多半是有語調（Intonation）的，利用聲調高低變化來區別意義的語言比較少。

現代標準國語有四種聲調，第一號聲調為高平調，第二號聲調為高升調，第三號聲調為降升調，第四號聲調為高降調。而輕聲是一種附屬的變調現象，每一個輕聲都有自己的本調。國語中因為聲調不同，造成的語義不同，請試讀以下聲調對比語句：

❶ 他是我的老闆ㄅㄢˇ：他是我的老伴ㄅㄢˋ
❷ 他很喜歡睡ㄕㄨㄟˋ覺ㄐㄧㄠˋ：他很喜歡水ㄕㄨㄟˇ餃ㄐㄧㄠˇ
❸ 波ㄅㄛ蘭ㄌㄢˊ的大學：破ㄆㄛˋ爛ㄌㄢˋ的大學
❹ 我想請ㄑㄧㄥˇ問ㄨㄣˋ你：我想親ㄑㄧㄣ吻ㄨㄣˇ你
❺ 工作的會ㄏㄨㄟˋ議ㄧˋ：工作的回ㄏㄨㄟˊ憶ㄧˋ

以英語為例，在問句中的句尾語調上揚，在肯定句中的語尾語調下降，如：

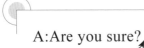

A:Are you sure?

B:Yes, I am sure.

　　但在國語的問句中，聲調和語調是可以同時出現在語流中的。即使在疑問句中，最後一個音是第四聲，語調一樣可以抬升形成疑問語氣。同時，第二聲在句尾時，若遇到疑問語氣，句尾聲調要抬高以構成疑問語氣。例如：

A：你的老家在苗栗（ㄌㄧˋ）？……（疑問句）

B：是啊，我是客家人（ㄖㄣˊ）。…（肯定句）

A：你是客家人（ㄖㄣˊ）？…………（疑問句）

B：沒錯，我是道地的客家人（ㄖㄣˊ）。
　　………………………………（肯定句）

問·題·與·討·論

1.「近世／進士／盡是／近視」以上詞彙有何語音和語義上的特點？

2.「慧眼識英雄」與「會演是英雄」在語音和語義上有何異同？

3.「賤人就是矯情」與「健人就是腳勤」在語音和語義上有何異同？

4. 練習以下國語例句的語調表現：

①他真的是你女朋友？

②他真的是我女朋友。

③他要跟你借錢？

④他要跟你借錢。

⑤你沒近視？

⑥我沒近視。

【第二節】國語聲母的發音

在國語中，要區別每種聲母的發音差異，必須考慮以下四種聲母的構成特性：

1. 這個聲母是利用口腔內的哪兩個部位造成氣流阻塞而構成？
2. 這個聲母是用哪種方式來構成氣流的阻塞？
3. 發出這個聲母時聲帶是否需要振動？
4. 是否存在一個跟這個聲母有氣流強弱區別的對比聲母？

要分析國語聲母的發音特性，可以使用國際音標表（2005 年版，見附錄二）的語音符號。並且要了解口腔內部構成各種聲母發音的各個部位名稱。

一、國語聲母的發音部位

以下介紹國語聲母所使用的發音部位：

（一）雙唇音（Bilabial）：指由上唇①和下唇②互相接觸阻塞而產生的輔音。如國語聲母ㄅㄆㄇ。傳統上稱為「重唇音」。

（二）唇齒音（Labiodental）：指由上排牙齒③和下唇②互相接觸而產生的輔音。如國語聲母ㄈ。傳統上稱為「輕唇音」。

（三）舌尖音：指由舌尖④頂住上齒齦⑤而產生的輔
　　　音。如國語聲母ㄉㄊㄋㄌ。西方語音學上稱之
　　　為齒槽音或齒齦音（Alveolar）。

（四）舌尖前音：亦指由舌尖④頂住上齒齦⑤而產生
　　　的輔音。但為與舌尖後音區別，故稱為舌尖前
　　　音，如國語聲母ㄗㄘㄙ。

（五）舌尖後音：指由舌體後縮，舌尖④微翹頂住
　　　硬顎⑥而產生的輔音。如國語聲母ㄓㄔㄕㄖ。
　　　由於西方語音上沒有這類發音，因此在國際音
　　　標表上沒有這類發音部位，習慣上以卷舌音
　　　（Retroflex）稱之。

　　　實際上，國語的舌尖後音聲母發音時舌體並未

【發音成阻部位圖】

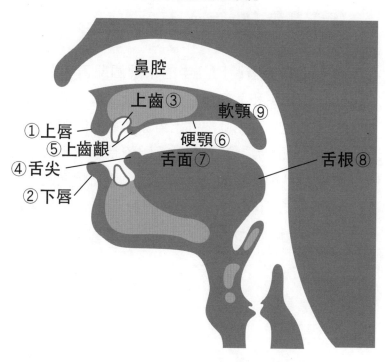

鼻腔

上齒③

軟顎⑨

①上唇

硬顎⑥

⑤上齒齦

舌面⑦

④舌尖

舌根⑧

②下唇

捲起，僅是後縮而舌尖微翹，這是必須特別注意的。

（六）舌面音：指由舌面⑦接觸硬顎⑥而產生的輔音，如國語聲母ㄐㄑㄒ。

（七）舌根音：指由舌根⑧接觸軟顎⑨而產生的輔音，如國語聲母ㄍㄎㄏ。傳統上稱為「牙音」。西方語音學上稱之為軟顎音（Velar）。

二、國語聲母的發音方法

每一類的發音部位，因為使用的發音方式（Manner）不同，因此能夠製造出不同性質的輔音。以下介紹國語中使用的各種發音方法：

（一）塞音（Plosive）

塞音是指發音時口腔中的某兩個部位（例如上唇和下唇或舌尖和上齒齦）相互靠近，構成氣流出口的阻礙（成阻），由肺部吐出氣流，通過喉頭時，聲門（Glottis）開放，當氣流到達口腔時，成阻部位由原先的阻塞狀態突然開啟（除阻），氣流爆破衝出口腔，這種從成阻到持阻到除阻的發音方式，稱為塞音。國語聲母中的ㄅㄉㄍ、ㄆㄊㄎ皆是塞音。

（二）塞擦音（Affricate）

塞擦音是指發音時由口腔中的某兩個部位（例如舌尖和齒齦）構成氣流阻礙（成阻），發聲時先由肺部吐出一股氣流，通過喉頭時，聲門開放，聲帶不受振動（Voiceless），等氣流到達成阻部位時，口腔中原先的阻塞狀態突然解除（除阻），氣流爆破衝出口腔，隨即從口腔成阻部位構成的縫隙流出，發音過程相當於先發出塞音，後發出擦音，這種先「塞」後「擦」的發音方法即為「塞擦音」。在西方常見的塞擦性輔音為 tʃ，發音方式為先發出塞音 t 再發出擦音 ʃ 而成。國語中的ㄓㄔㄗㄘㄐㄑ皆是塞擦音。

（三）擦音（Fricative）

擦音是指發音時由口腔中的某兩個部位（如舌尖和齒齦）構成氣流阻礙（成阻），發聲時先由肺部吐出氣流，通過喉頭時，聲門開放，氣流從口腔成阻部位構成的縫隙擦過流洩而出，這種發音方法稱為「擦音」。國語中的ㄈㄏㄒㄙㄙ皆是擦音。

（四）鼻音（Nasal）

鼻音是指發音時由口腔中的某兩個部位構成氣流阻礙，發聲時先由肺部吐出氣流，此時口腔成阻部位造成氣流通道阻塞，因此氣流轉往鼻腔，此時聲門縮

小，氣流必須通過聲帶產生振動，方能從鼻腔逸出。國語中的ㄇㄋ皆是鼻音。老國音中上還有舌根鼻音「兀（ŋ）」和舌面鼻音「广（ȵ）」，但在新國音字母中已經取消。

（五）邊近音（Lateral Approximant）

邊近音是指發音時口腔中的某兩個部位構成阻礙（最常見是舌尖和上齒齦成阻），此時肺部吐出一股氣流，聲門縮小，此時氣流必須通過聲帶產生振動，才能從成阻部位的兩邊縫隙中流洩而出，形成邊近音，又稱流音。國語中的ㄌ即是邊近音。

（六）近音（Approximant）

近音是發音時兩個發聲部位靠得很近的輔音，而肺部吐出的氣流，通過喉頭時，聲門縮小，此時氣流必須通過聲帶產生振動，才能從成阻部位形成的狹小空間中通過，但其產生的氣流不足以造成摩擦或湍流。這種發音方法稱為「近音」。國語中的ㄖ即是近音。

以上七種發音部位和六類發音方法是國語中所能看到的，其他發音部位如小舌部位（Uvular），或是發音方法如顫音（Trill），就是其他語言才會使用的了。

三、其他國語聲母的發音特質

　　國語聲母在發音時，還必須注意以下兩項語音特質：氣流的強弱對比和聲帶的振動與否。以下詳細說明。

（一）不送氣和送氣

　　聲母在發音時氣流較弱的稱為不送氣音；氣流較強的稱為送氣音，這兩者呈現對比性，因此出現時都是成雙成對的。

　　國語中有好幾組聲母在發音氣流上有強弱對比，是國語的一大特色。以雙唇塞音而言，國語中區分為發音時氣流較弱的ㄅ聲母和氣流較強的ㄆ聲母，這是西方語言中很少見的語音特點。我們稱ㄅ為雙唇不送氣清塞音，要注意我們使用「不送氣（Unaspirated）」是因為英文翻譯的緣故，聲母在發音時氣流一定是向外送出的，不送氣音和送氣音的差別在於氣流的強弱差異，而非氣流的有無。在實際體驗上，可以將手掌放在口腔前發出ㄅ聲母和ㄆ聲母，手掌均可感受到氣流的噴出，只是強弱的區別。國語中共有ㄅㄆ、ㄉㄊ、ㄍㄎ、ㄐㄑ、ㄓㄔ、ㄗㄘ共六組具有對比氣流的聲母。

（二）清音和濁音

發音時聲帶需要振動的音稱為濁音；發音時聲帶不需要振動的音稱為清音。在英語教學中將濁音型輔音稱為「有聲子音」；將清音型輔音稱為「無聲子音」。

國語聲母幾乎都是「無聲子音」，也就是不需要振動聲帶的清輔音，但是我們在讀注音字母時因為通常都會額外加上韻母來加大音量，讀成ㄅㄜ、ㄆㄜ、ㄇㄜ、ㄈㄜ、ㄉㄜ、ㄊㄜ、ㄋㄜ、ㄌㄜ……，因此沒有意識到這些國語聲母本身的語音性質是聲帶不振動的清聲母。

國語聲母中只有ㄇㄋㄌㄖ是濁聲母，因為這四個聲母在發音方法上本來就需要振動聲帶才能發聲，因此這四個聲母是天然的濁音，其他的聲母都是聲帶不需要振動的清聲母。

要檢測清音和濁音聲母，可以用食指按在喉嚨聲帶處，試著發出一個單純的ㄇ或ㄋ聲母（類似國語應允時「嗯」聲），因為發ㄇ或ㄋ這類鼻音聲母必須振動聲帶，將氣流推向鼻腔，因此食指可以摸到喉嚨聲帶處有振動感；而發出清音時，類似我們用氣音說話，因為不需振動聲帶，所以食指完全摸不到喉嚨聲帶的振動。

【第三節】國語聲母的描寫

　　國語是一種單音節語言，有固定的音節內部結構。中國歷代以來對於語音的分析，都是將音節切分成「聲母」和「韻母」兩個部分，俄國語言學家波利瓦諾夫（Eugene Polivanov, 1891-1938）將漢語的音節結構更細緻的分析成四個成分，也就是「聲母、介音、主要元音、韻尾」四個部分，以下用圖表表示國語的音節內部結構。

聲調			
聲母	韻母		
	介音（韻頭）	主要元音（韻腹）	韻尾

　　每個國語音節必須出現的語音成分是「主要元音」和「聲調」。

　　「聲母」指的是國語音節開頭時的輔音成分，因為位於每個音節的開頭，因此聲母稱為 Initial（最初的；開始的）。

　　聲母多半都是由輔音擔任，語音學上輔音稱為 Consonant，意思是協同發音，因為輔音的功能是輔助元音的發音，可以放在元音之前或之後，輔音本身的響度不大。不同的輔音搭配同一個元音，可以增加

語音系統的語音豐富度。雖然聲母多半是輔音，但是輔音也可以充當國語音節的韻尾，如 [n]、[ŋ]。

聲母是一種口腔的阻礙狀態，每一種聲母都是由口腔的兩個部位構成一個阻礙狀態，讓氣流流出後產生。國語的聲母都是一個發音部位，配上一種發音方法，產生一種聲母，但有些聲母必須再分析口腔氣流流出的強弱程度。國語的聲母在發音時幾乎都是不振動聲帶的清音，但少數國語聲母因為其發音方法本身就必須振動聲帶，因此屬於濁音聲母。

聲母是一個音節中放在韻母前的成分，也可以說聲母是放在韻母之前的音節修飾成分，因為聲母僅僅是一種氣流在口腔中構成的阻礙狀態，聲母本身幾乎是沒有音量的，因此我們在讀聲母時，都會在聲母之後多加上一個韻母（元音）成分以求發音響亮，例如ㄅㄆㄇㄈ聲母之後加上「ㄜ」；ㄐㄑㄒ聲母之後加上「ㄧ」等。

從注音符號表，我們可以知道國語聲母大致有以下幾種：ㄅㄆㄇㄈ、ㄉㄊㄋㄌ、ㄍㄎㄏ、ㄐㄑㄒ、ㄓㄔㄕㄖ、ㄗㄘㄙ。我們能讀起來琅琅上口，感覺其中似乎有某種韻律，主要是因為這六排國語聲母，是依據發音部位來排列的。使用相同的發音部位的聲母排在同一排，一共分為六排，總共 21 個聲母，事實上國語還有一種聲母，就是「零聲母」，也就是音節成分中沒有聲母成分。如「ㄧㄠ」、「ㄨㄢ」、「ㄩㄣ」等音節都是零聲母音節。

在ㄅㄆㄇㄈ這一排聲母中，ㄅㄆㄇ的發音部位都必須用上唇和下唇構成氣流的阻礙，ㄈ則是用下唇與

上排牙齒構成氣流的阻礙，因此ㄅㄆㄇ稱為雙唇音，ㄈ則是唇齒音。因兩組聲母都具有「唇」這一個發音部位，因此這一排聲母稱為「唇音聲母」。因此，國語的六排聲母，有以下六類發音部位：

發音部位		聲母	聲母音之後多添加的韻母音
唇音	雙唇音	ㄅ、ㄆ、ㄇ	ㄜ
	唇齒音	ㄈ	ㄜ
舌尖音		ㄉ、ㄊ、ㄋ、ㄌ	ㄜ
舌根音		ㄍ、ㄎ、ㄏ	ㄜ
舌面音		ㄐ、ㄑ、ㄒ	ㄧ
舌尖後音（翹舌音）		ㄓ、ㄔ、ㄕ、ㄖ	ㄭ
舌尖前音（平舌音）		ㄗ、ㄘ、ㄙ	ㄭ

以下說明國語各類聲母。

一、唇音聲母：ㄅ、ㄆ、ㄇ、ㄈ

國語的唇音聲母指的是ㄅㄆㄇㄈ這一組聲母。這一組聲母又可分為ㄅㄆㄇ和ㄈ兩個小類。因為ㄅㄆㄇ三個聲母都是由雙唇構成阻礙的發音，而ㄈ則是由上排牙齒與下唇共同構成的阻礙狀態。以下分述這四個聲母的發音方法：

（一）ㄅ：雙唇、不送氣（弱送氣）、清、塞音（國際音標：[p]　漢語拼音：b）

　　ㄅ的發音部位是由上唇與下唇共同構成阻礙而成的音，發音時先將上唇與下唇聚攏成阻，由肺部吐出較弱的一股氣流，通過喉頭時，聲門開放，聲帶不受振動，等氣流到達口腔時，雙唇由原先的阻塞狀態突然開啓，氣流爆破衝出口腔，形成ㄅ音。

（二）ㄆ：雙唇、送氣（強送氣）、清、塞音（國際音標：[pʰ]　漢語拼音：p）

　　ㄆ的發音部位是由上唇與下唇共同構成阻礙而成的音，發音時先將上唇與下唇聚攏成阻，由肺部吐出相較於ㄅ為強的一股氣流，通過喉頭時，聲門開放，聲帶不受振動，等氣流到達口腔時，雙唇由原先的阻塞狀態突然開啓，氣流爆破衝出口腔，形成ㄆ音。

　　由上可知，ㄅ與ㄆ的區別僅在氣流的強弱而已，其餘發音特徵完全相同。教學上，為了讓ㄅ與ㄆ發音響亮，習慣會在ㄅ與ㄆ聲母後面多加一個韻母ㄛ（老一輩也有多加韻母（ㄨ）ㄛ的），事實上真正的聲母只有ㄛ音前面的語音成分而已，而ㄅ與ㄆ在發音時聲帶是不振動的，因此稱為「清音」。也就是學英語 KK 音標時說的「無聲子音」，或是稱為「不帶音」。

（三）ㄇ：雙唇、濁、鼻音
（國際音標：[m]　漢語拼音：m）

ㄇ的發音部位是由上唇與下唇共同構成阻礙而成的音，發音時先將上唇與下唇聚攏成阻，由肺部吐出一股氣流，因為此時口腔內上唇與下唇閉合造成阻礙，因此氣流轉往鼻腔，此時聲門縮小，氣流必須通過聲帶產生振動，方能從鼻腔逸出，形成ㄇ音。因為發鼻音時氣流勢必要通過聲帶才能從鼻腔送出，因此鼻音必然是濁音，也就是學英語 KK 音標時說的「有聲子音」，或是稱為「帶音」。

（四）ㄈ：唇齒、清、擦音
（國際音標：[f]　漢語拼音：f）

ㄈ的發音部位是由上齒和下唇共同構成阻礙而成的音。發音時先將上排牙齒與下唇抵觸成阻，由肺部吐出一股氣流，通過開放的聲門，聲帶不受振動，氣流到達口腔時，因為口腔內上排牙齒與下唇抵觸造成通過受阻，氣流便從上排牙齒與下唇之間的細縫摩擦而逸出，形成ㄈ音。

因為ㄇ與ㄈ在發音時氣流不需要有強弱對比來區別不同詞義，因此我們不會特別強調這兩個聲母是送氣音或不送氣音。

ㄈ聲母必須強調是在聲門開放的狀態下聲帶不經振動而構成的唇齒擦音，因為如果聲帶振動了，就變

成 [v] 了，民國初年制定注音符號時曾制定注音字母「万」，就是指聲帶振動的唇齒擦音，現在老一輩的人講國語遇到某些零聲母字如「微、晚、文、萬、問」時，少數人仍帶有這個「万」聲母，但大部分的人已經沒有這個發音了，因此教育部也就取消了這個「万」字母。

二、舌尖音聲母：ㄉ、ㄊ、ㄋ、ㄌ

國語的舌尖音聲母指的是ㄉ、ㄊ、ㄋ、ㄌ這一組聲母。這四個聲母在發音時都是由舌尖（Tongue Tip）和上齒齦（Alveolar）這兩個部位互相抵觸構成阻礙狀態。以下分述這四個聲母的發音方法：

（一）ㄉ：舌尖、不送氣（弱送氣）、清、塞音（國際音標：[t] 漢語拼音：d）

ㄉ的發音部位是由舌尖和上齒齦這兩個部位構成氣流阻礙，發聲時先由肺部吐出較弱的一股氣流，通過喉頭時，聲門開放，聲帶不受振動，等氣流到達口腔時，舌尖與上齒齦由原先的阻塞狀態突然開啟，氣流爆破衝出口腔，形成ㄉ音。

（二）ㄊ：舌尖、送氣（強送氣）、清、塞音 （國際音標：[tʰ]　漢語拼音：t）

ㄊ的發音部位是由舌尖和上齒齦這兩個部位構成氣流阻礙，發聲時先由肺部吐出較強的一股氣流，通過喉頭時，聲門開放，聲帶不受振動，等氣流到達口腔時，舌尖與上齒齦由原先的阻塞狀態突然解除，氣流爆破衝出口腔，形成ㄊ音。

由上可知，ㄅ與ㄊ的發音特徵完全相同，區別僅在氣流的強弱而已。注音符號教學時，為了讓ㄅ與ㄊ發音響亮，習慣會在ㄅ與ㄊ後面多加一個韻母ㄜ，事實上真正的聲母只有ㄜ音出現前的語音成分而已，而ㄅ與ㄊ在發音時聲帶是不振動的，因此稱為「清音」。

（三）ㄋ：舌尖、鼻音 （國際音標：[n]　漢語拼音：n）

ㄋ的發音部位是由舌尖和上齒齦這兩個部位構成氣流阻礙，發聲時先由肺部吐出一股氣流，因為口腔內舌尖和上齒齦構成阻礙，因此氣流轉往鼻腔，此時聲門縮小，氣流必須通過聲帶產生振動，方能從鼻腔逸出，形成ㄋ音。因為發鼻音時氣流勢必要通過聲帶才能從鼻腔送出，因此鼻音必然是濁音。

（四）ㄌ：舌尖、邊近音
（國際音標：[l]　漢語拼音：l）

ㄌ的發音部位是由舌尖和上齒齦這兩個部位構成氣流阻礙，發聲時先由肺部吐出一股氣流，因為口腔內舌尖和上齒齦構成阻礙，此時聲門縮小，氣流必須通過聲帶產生振動，此時氣流從口腔內舌頭和上齒齦構成阻礙的兩邊縫隙流洩而出，形成ㄌ音。因為發ㄌ音，舌體與上齒齦必須互相靠近才能形成縫隙讓氣流從兩邊流出，因此稱為邊近音，而氣流也必須通過聲帶，因此邊近音是濁音。

由上可知，ㄋ與ㄌ在發音的部位與方法上的區別僅在氣流的通道出口不同而已。發ㄋ聲母時氣流從鼻腔流洩而出；發ㄌ聲母時氣流從口腔兩邊縫隙流洩而出。因為ㄋ與ㄌ的發音特徵極為相似，很多人會誤將兩者混淆，例如將「很『冷ㄌㄥ』」讀成「很ㄋㄥˇ」；將「老殘」讀成「腦殘」；將「好『了』」讀成「好『呢』」，這些語音偏誤在教學上必須要注意避免的。

三、舌根音聲母：ㄍ、ㄎ、ㄏ

國語注音符號表中大多數的發音部位都具有四個聲母，舌根音聲母也是。舌根音聲母本來有ㄍ、ㄎ、π、ㄏ四個注音字母，但舌根鼻音「π」（國際音標：ŋ）在民國 21 年公布之《國音常用字彙》中已

取消，只有少數老一輩帶有鄉音的人可能會將「移、吳、我、額、餓」等字讀成帶有兀聲母的讀法。

國語的舌根音聲母指的是ㄍ、ㄎ、ㄏ這一組聲母。這三個聲母在發音時都是由舌根（Tongue Back）和軟顎（Velum）這兩個部位互相抵觸構成阻礙狀態。以下分述這三個聲母的發音方法：

（一）ㄍ：舌根、不送氣（弱送氣）、清、塞音（國際音標：[k]　漢語拼音：g）

ㄍ的發音部位是由舌根和軟顎這兩個部位構成互相抵觸造成氣流阻礙，發聲時先由肺部吐出較弱的一股氣流，通過喉頭時，聲門開放，聲帶不受振動，等氣流到達口腔內成阻部位時，舌根和軟顎由原先的阻塞狀態突然解除，氣流爆破衝出，形成ㄍ音。

（二）ㄎ：舌根、送氣（強送氣）、清、塞音（國際音標：[kʰ]　漢語拼音：k）

ㄎ的發音部位是由舌根和軟顎這兩個部位構成互相抵觸造成氣流阻礙，發聲時先由肺部吐出較強的一股氣流，通過喉頭時，聲門開放，聲帶不受振動，等氣流到達口腔內成阻部位時，舌根和軟顎由原先的阻塞狀態突然解除，氣流爆破衝出，形成ㄎ音。

由上可知，ㄍ與ㄎ的發音特徵完全相同，區別僅在氣流的強弱而已。注音符號教學時，為了讓ㄍ與ㄎ發音響亮，習慣會在ㄍ與ㄎ後面多加一個韻母ㄜ，

事實上真正的聲母只有ㄜ音出現前的語音成分而已，而ㄍ與ㄎ在發音時聲帶是不振動的，因此稱為「清音」。

（三）ㄏ：舌根、清、擦音 （國際音標：[x] 漢語拼音：h）

ㄏ的發音部位是由舌根和軟顎共同構成阻礙而成的音。發音時先將舌根和軟顎抵觸成阻，由肺部吐出一股氣流，通過開放的聲門，聲帶不受振動，等氣流到達口腔內成阻部位時，氣流便從舌根和軟顎之間的細縫摩擦而逸出，形成ㄏ音。

以上所說明的國語注音字母前三組聲母，所使用的發音部位有雙唇部位、舌尖部位與舌根部位，這三種發音部位是人類語言中最自然也最常見的三種基本發音部位聲母，而塞音系列也是人類語言中最常見的發音方法。

以下所要說明的後三組國語注音字母，可以算是國語的特色聲母，這三組聲母所使用的發音部位在西方語言中（至少在英語中）較少使用，雖然我們身為國語使用者，這幾組國語聲母我們平時說話也不一定能發音正確，因此身為教學者要特別注意，力求發音到位標準。

一般在背誦注音字母時習慣是先ㄐ組再ㄓ組最後是ㄗ組，但為了解說方便，以下調整說明順序，先討論平舌聲母ㄗ組，再討論翹舌聲母ㄓ組，最後再討論ㄐ組。

四、舌尖前音聲母：ㄗ、ㄘ、ㄙ

國語的舌尖前音聲母有ㄗ、ㄘ、ㄙ三個注音字母。這三個聲母在發音時使用的發音部位和舌尖聲母ㄉㄊㄋㄌ組其實是相同的，都是由舌尖（Tongue Tip）和上齒齦（Alveolar）這兩個部位互相抵觸構成阻礙狀態。這組聲母又稱為「平舌音」。以下分述這三個聲母的發音方法：

（一）ㄗ：舌尖前、不送氣、清、塞擦音（國際音標：[ts] 漢語拼音：z）

ㄗ的發音部位是由舌尖和上齒齦這兩個部位構成氣流阻礙，發聲時先由肺部吐出較弱的一股氣流，通過喉頭時，聲門開放，聲帶不受振動，等氣流到達口腔時，舌尖與上齒齦由原先的阻塞狀態突然解除，氣流爆破衝出口腔，但隨即從舌尖和上齒齦這兩個部位構成的縫隙流出，發音過程相當於先發出塞音ㄉ後迅速地再發出擦音ㄙ，這種先「塞」後「擦」的發音方法即為「塞擦音」。

（二）ㄘ：舌尖前、送氣、清、塞擦音
（國際音標：[tsʰ]　漢語拼音：c）

　　ㄘ的發音部位是由舌尖和上齒齦這兩個部位構成氣流阻礙，發聲時先由肺部吐出較強的一股氣流，通過喉頭時，聲門開放，聲帶不受振動，等氣流到達口腔時，舌尖與上齒齦由原先的阻塞狀態突然解除，氣流爆破衝出口腔，但隨即從舌尖和上齒齦這兩個部位構成的縫隙流出，發音過程相當於先發出塞音ㄊ後迅速地再發出擦音ㄙ，這種先「塞」後「擦」的發音方法即為「塞擦音」。

　　由上說明可知，ㄗ與ㄘ的發音特徵完全相同，區別僅在氣流的強弱而已。在教學時，為了讓ㄗ與ㄘ發音響亮，習慣會在ㄗ與ㄘ後面多加一個後高展唇韻母「帀」，事實上真正的聲母只有「帀」出現前的語音成分而已，而ㄗ與ㄘ在發音時聲帶是不振動的，因此稱為「清音」。

（三）ㄙ：舌尖前、清、擦音
（國際音標：[s]　漢語拼音：s）

　　ㄙ的發音部位是由舌尖和上齒齦這兩個部位構成氣流阻礙，發聲時先由肺部吐出氣流，通過喉頭時，聲門開放，聲帶不受振動，氣流從舌尖和上齒齦這兩個部位構成的縫隙擦過流洩而出，這種發音方法稱為「擦音」。

ㄙ聲母必須強調是在聲門開放的狀態下，聲帶不經振動而構成的舌尖前清擦音，如果聲帶振動了，就會變成 [z] 音。

五、舌尖後音聲母：ㄓ、ㄔ、ㄕ、ㄖ

國語的舌尖後音聲母有ㄓ、ㄔ、ㄕ、ㄖ四個注音字母。這四個聲母在發音時是由舌尖（Tongue Tip）和硬顎（Hard Palate）這兩個部位互相抵觸構成阻礙狀態，但舌體必須往後「縮」，此時舌尖會微微翹起。發舌尖後聲母時必須注意：舌尖只是「翹」起而非「卷舌」，因此這組聲母又稱為「翹舌音」。以下分述這四個聲母的發音方法：

（一）ㄓ：舌尖後、不送氣、清、塞擦音
（國際音標：[tʂ] 漢語拼音：zh）

ㄓ的發音部位是由舌尖和硬顎這兩個部位構成氣流阻礙，發聲時舌體先往後縮，此時舌尖會微微翹起接觸硬顎，此時。由肺部吐出較弱的一股氣流，通過喉頭時，聲門開放，聲帶不受振動，等氣流到達口腔時，舌尖後與硬顎由原先的阻塞狀態突然解除，氣流爆破衝出口腔，但隨即從舌尖後和硬顎這兩個部位構成的縫隙流出，發音過程相當於先發出塞音再迅速地發出擦音ㄕ，這種先「塞」後「擦」的發音方法即為「塞擦音」。

（二）ㄔ：舌尖後、送氣、清、塞擦音
（國際音標：[tʂʰ]　漢語拼音：ch）

　　ㄔ的發音部位是由舌尖和硬顎這兩個部位構成氣流阻礙，發聲時舌體先往後縮，此時舌尖會微微翹起接觸硬顎，此時。由肺部吐出較強的一股氣流，通過喉頭時，聲門開放，聲帶不受振動，等氣流到達口腔時，舌尖與硬顎由原先的阻塞狀態突然解除，氣流爆破衝出口腔，但隨即從舌尖和硬顎這兩個部位構成的縫隙流出，發音過程相當於先發出塞音再迅速地發出擦音ㄕ，這種發音方法稱為「塞擦音」。

　　由上說明可知，ㄓ與ㄔ的發音特徵完全相同，區別僅在氣流的強弱而已。在教學時，為了讓ㄓ與ㄔ發音響亮，習慣會在ㄓ與ㄔ後面多加一個後高展唇韻母「帀」，事實上真正的聲母只有「帀」出現前的語音成分而已，而ㄓ與ㄔ在發音時聲帶是不振動的，因此稱為「清音」。

（三）ㄕ：舌尖後、清、擦音
（國際音標：[ʂ]　漢語拼音：sh）

　　ㄕ的發音部位是由舌尖和硬顎這兩個部位構成氣流阻礙，發聲時舌體先往後縮，此時舌尖會微微翹起接觸硬顎，此時肺部吐出一股氣流，通過喉頭時，聲門開放，聲帶不受振動，氣流從舌尖和硬顎這兩個部位構成的縫隙擦過流洩而出，這種發音方法稱為

「擦音」。

（四）ㄖ：舌尖後、近音
（國際音標：[ɻ]　漢語拼音：r）

　　ㄖ因為和ㄓ、ㄔ、ㄕ排在同一類，因此發音部位當然同樣都是由舌尖和硬顎這兩個部位構成氣流阻礙，但是ㄖ的發音方法歷來一直備受討論，以往有好一段時間，將ㄖ分析為舌尖後濁擦音聲母 [ʐ]，這樣的分析代表國語聲母系統有一組清、濁相對的聲母ㄕ與ㄖ，但其他發音部位的聲母並沒有相同的清濁對立現象。經過漢語語言學家不斷進行語音實驗後，將ㄖ聲母界定為舌尖後近音 [ɻ]。（朱曉農〈關於普通話日母的音值〉1982）

　　近音是兩個發聲部位相距很近的輔音，但其產生的氣流不足以造成摩擦或湍流。發ㄖ時舌尖和硬顎這兩個部位相互靠近，此時肺部吐出一股氣流，通過喉頭時，聲門縮小，聲帶振動（Voiced），氣流從舌尖和硬顎這兩個部位相互靠近形成的空間中通過，這種發音方法稱為「近音」。

六、舌面音聲母：ㄐ、ㄑ、ㄒ

國語注音符號表中的舌面音聲母本來有ㄐ、ㄑ、ㄏ、ㄒ四個注音字母，但舌面鼻音「ㄏ」（IPA：ȵ）在民國 21 年公布之《國音常用字彙》中已取消。

國語中的舌面音聲母指的是ㄐ、ㄑ、ㄒ這一組聲母。這三個聲母在發音時都是由舌面（Front of Tongue）和硬顎（Hard Palate）這兩個部位互相抵觸構成阻礙狀態。以下分述這三個聲母的發音方法：

（一）ㄐ：舌面、不送氣、清、塞擦音
　　　（國際音標：[tɕ]　漢語拼音：j）

ㄐ的發音部位是由舌面和硬顎這兩個部位構成氣流阻礙，發聲時先由肺部吐出較弱的一股氣流，通過喉頭時，聲門開放，聲帶不受振動，等氣流到達口腔時，舌面和硬顎由原先的阻塞狀態突然解除，氣流爆破衝出口腔，但隨即從舌面和硬顎這兩個部位構成的縫隙流出，發音過程相當於先發出塞音後迅速地再發出擦音ㄒ，這種先「塞」後「擦」的發音方法即為「塞擦音」。

（二）ㄑ：舌面、送氣、清、塞擦音
（國際音標：[tɕʰ] 漢語拼音：q）

　　ㄑ的發音部位是由舌面和硬顎這兩個部位構成氣流阻礙，發聲時先由肺部吐出較強的一股氣流，通過喉頭時，聲門開放，聲帶不受振動，等氣流到達口腔時，舌面和硬顎由原先的阻塞狀態突然解除，氣流爆破衝出口腔，但隨即從舌面和硬顎這兩個部位構成的縫隙流出，發音過程相當於先發出塞音後迅速地再發出擦音ㄒ，這種發音方法即為「塞擦音」。

　　由上說明可知，ㄐ與ㄑ的發音特徵完全相同，區別僅在氣流的強弱而已。在教學時，為了讓ㄐ與ㄑ發音響亮，習慣會在ㄐ與ㄑ後面多加一個前高展唇韻母「一」，事實上真正的聲母只有「一」韻母出現前的語音成分而已，而ㄐ與ㄑ在發音時聲帶是不振動的，因此稱為「清音」。

（三）ㄒ：舌面、清、擦音
（國際音標：[ɕ] 漢語拼音：x）

　　ㄒ的發音部位是由舌面和硬顎這兩個部位構成氣流阻礙，發聲時先由肺部吐出氣流，通過喉頭時，聲門開放，聲帶不受振動，氣流從舌面和硬顎這兩個部位構成的縫隙擦過流洩而出，這種發音方法稱為「擦音」。

七、小結

從以上對國語中不同發音部位的六組聲母的解析，我們可以了解，注音符號對於聲母順序的排列方式，是依據自然類（Natural Class）來分成六組的，每一組聲母雖然發音方法各有不同，但都是同樣的口腔部位構成阻礙而構成的發音，國語中共有六組因為氣流強弱不同而造成對比的聲母，國語聲母也有五類擦音，四類因發音性質而聲帶必須振動的濁音聲母。

此外必須一提的是，「沒有聲母」也是國語的一類聲母，稱為「零聲母」。零聲母音節並不是完全沒有聲母成分，而是由「喉塞音（Glottal Stop）」來充當聲母成分。我們在說話時常常出現喉塞音但卻習焉不察。舉例而言，在「可愛」、「西洋」、「一夜」、「大安」這類第二音節是零聲母的音節中，我們便會用一個喉塞音來斷開第一音節和第二音節，以免兩個字讀音黏在一起。而這種利用喉塞音斷開音節的聲母現象，西方語言就比較少見。所以英語中「Thank you」必須連讀，不能斷開讀成兩個詞；而「Not at all」也不能斷開讀成三個詞。

問·題·與·討·論

1. 國語有哪六組氣流強弱不同而造成對比的聲母？

2. 國語有哪五個聲母是擦音？

3. 國語有哪四個聲母是濁音？

4. 國語的ㄋ和ㄌ在發音上最主要的區別為何？

5. 請將本節所討論的國語聲母發音部位與方法填入以下表格：

	雙唇音	唇齒音	舌尖音	舌尖前音	舌尖後音	舌面音	舌根音
不送氣清塞音							
送氣清塞音							
不送氣清塞擦音							
送氣清塞擦音							
濁鼻音						广 / ȵ	ㄫ / ŋ
清擦音							
濁擦音		万 / v					
邊近音							
近音							

6. 請說明國語聲母的發音部位、氣流狀態、聲帶
狀態及發音方法：

國語聲母	國際音標	漢語拼音	發音部位	氣流強弱	聲帶狀態	發音方法
ㄅ	p	b	雙唇	不送氣	清	塞音
ㄆ						
ㄇ						
ㄈ						
ㄉ						
ㄊ						
ㄋ						
ㄌ						
ㄍ						
ㄎ						
ㄏ						
ㄐ						
ㄑ						
ㄒ						
ㄓ						
ㄔ						
ㄕ						
ㄖ						
ㄗ						
ㄘ						
ㄙ						

【第四節】國語的韻母與發音說明

「韻母」是指聲母之後的語音成分，因此又稱為 final（後音）。「韻母」是國語特有的語音單位，在語言學上只有分「輔音（Consonant）」和「元音（Vowel）」。元音稱為 Vowel，語源為 Voice，元音是一個音節中最主要的聲音。

發元音時聲帶必須振動，口腔內部通道沒有任何阻塞，因此發單一的元音時，聲音聽起來清晰悠長而響亮，各種不同口腔形狀可以產生不同的元音效果，因此元音是一種「樂音」，我們在上音樂課經常使用「ㄚㄧㄨㄝㄛ」來做發聲練習，就是因為發單一的元音聽起來聲音悠長而悅耳響亮，因此元音是一種「樂音」。

相對之下，在音節中出現在元音前後的「輔音」，因為發音是各種口腔的阻塞狀態，聽起來一點也不悅耳，因此聲母是一種「噪音」。試想若是在公開場合中我們想反對某人，集體發出「噓～～～～～～」聲，聽起來很刺耳，就是因為發出某個純粹輔音，就是發出某種「噪音」。

一、描寫韻母的三個面向

國語的「韻母」包含各種輔音與元音的組合，型態多元。最基本的國語韻母是「ㄧㄨㄩㄚㄛㄜㄝ」這幾個單韻母（或稱為單元音），以下先說明分析國語韻母的三個面向，再利用國語中的單韻母說明如何使用這三個面向分析韻母。

（一）舌位的高低（Tongue Height）

發元音時，口腔通道敞開沒有任何阻礙，此時影響元音音色的是口腔的形狀。當舌頭提高或降低時元音音色就有差異。

舉例而言，國語韻母中的「ㄧ、ㄝ、ㄚ」，在發音時口腔中的舌體高度就是：高、中、低。

（二）舌體的前後（Tongue Advancement）

發音時，口腔中舌體靠前或偏後也會影響元音的音色。舉例而言，國語韻母中的「ㄨ、ㄩ」在發音時都是圓唇高舌位，差異在於口腔中的舌體位置，發ㄩ音時舌體在前；發ㄨ音時舌體在後。

（三）唇形的展圓（Lip Rounding）

發音時，唇形的展圓也會影響元音的音色。國語韻母中的「ㄨ、ㄩ」都是圓唇音，和ㄨ音展圓相對的國語韻母是ㄭ；和ㄩ音展圓相對的國語韻母是ㄧ。另外，ㄛ和ㄜ也是一組圓唇和展唇對立的韻母。

二、元音舌位圖

元音舌位圖（Vowel Chart）是用來描述元音發音部位前後高低展圓的圖表。國際語音學會所公布的元音舌位圖是語言學家用來描述或標記元音的圖表，圖表上用來標示元音的符號是國際音標（IPA），使用國際音標可以精確描述各種語言的元音表現。以下是元音舌位圖：

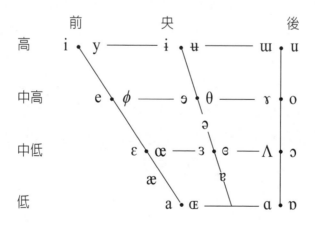

在元音舌位圖上，口腔能發出的元音依照舌位的高低分成四段，由低而高分別是：開（Open）、半開（Open-mid）、半合（Close-mid）、合（Close），也因為依據的是舌位高低，所以也能寫成低、中低、中高、高。

在元音舌位圖上，口腔能發出的元音依照舌體的前後分成三段，分別是前（Front）、央（Central）、後（Back），因為唇形展圓也和元音音色有關，因此在圖表上同一個舌位會出現成對的兩個國際音標，標記於前的是展唇元音，標記於後的是圓唇元音，例如，位於「前高舌位」的元音有兩個，一個是 i（注音ㄧ）；另一個是 y（注音ㄩ）。

三、用元音舌位圖描述國語韻母

從注音符號表，我們可以知道國語韻母有以下幾種：ㄧㄨㄩ、ㄚㄛㄜㄝ、ㄞㄟㄠㄡ、ㄢㄣㄤㄥ、ㄦ等五排韻母。讀起來有某種韻律，這是因為這五排國語韻母，依據的是韻母內部的搭配關係來編排，搭配方式相同的韻母排在同一排，一共分為五排，代表五類韻母。這是從注音符號本身看不出來的，我們必須得藉由國際音標的分析，才能了解這五類國語韻母的搭配形式。以下先說明國語韻母的分類：

搭配類型	注音符號
充當介音或單韻母	ㄧㄨㄩ
單韻母	ㄚㄛㄜㄝ
複合韻母	ㄞㄟㄠㄡ
鼻音韻母	ㄢㄣㄤㄥ
卷舌韻母	ㄦ

（一）充當介音或單韻母：ㄧ、ㄨ、ㄩ

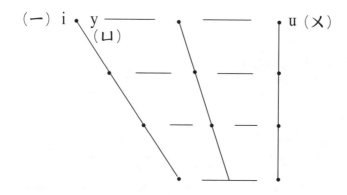

（一）i．y ——— ． ——— u（ㄨ）
（ㄩ）

「單韻母」是指發音時氣流通過口腔時，口腔中的舌位高低前後與唇形均保持一致不變，一直到發音結束。這種韻母類型稱為「單韻母」。在國語的韻母中共有「ㄧㄨㄩㄚㄛㄜㄝ」以及空韻「帀」是單韻母。其中「ㄧㄨㄩ」不僅是單韻母，還能充當音節結構中的介音符號。以下詳細介紹ㄧㄨㄩ的舌位。

1. 前、高、展唇元音：ㄧ [i]

發ㄧ韻母時，氣流由肺部上升到喉頭，聲門閉攏，聲帶振動，氣流通過口腔時，舌體向前，舌位上升到最高的位置，同時嘴唇呈現扁平狀態，持續保持這樣的口腔形狀，氣流通過口腔直到發音結束，這個單元音就是單韻母「ㄧ」。

2. 後、高、圓唇元音：ㄨ [u]

發ㄨ韻母時，氣流由肺部上升到喉頭，聲門閉攏，聲帶振動，氣流通過口腔時，舌體往後，舌位上升到最高的位置，同時嘴唇聚攏呈現圓形，持續保持這樣的口腔形狀，氣流通過口腔直到發音結束，這個單元音就是單韻母「ㄨ」。

3. 前、高、圓唇元音：ㄩ [y]

發ㄩ韻母時，氣流由肺部上升到喉頭，聲門閉攏，聲帶振動，氣流通過口腔時，舌體向前，舌位上升到最高的位置，同時嘴唇聚攏呈現圓形，持續保持這樣的口腔形狀，氣流通過口腔直到發音結束，這個單元音就是單韻母「ㄩ」。

（二）單韻母：ㄚ、ㄛ、ㄜ、ㄝ

1. 低元音：ㄚ [a]

發ㄚ韻母時，氣流由肺部上升到喉頭，聲門閉攏，聲帶振動，氣流通過口腔時，舌位下降到最低的位置，舌體大約保持在口腔的中央，而唇形是中性

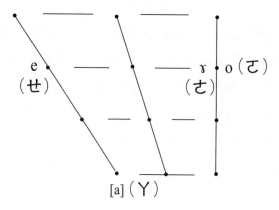

的，沒有圓不圓唇的區別，持續保持這樣的口腔形狀，氣流通過口腔直到發音結束，這個元音就是單韻母「ㄚ」。

2. 後、中高、圓唇元音：ㄛ [o]

發ㄛ韻母時，氣流由肺部上升到喉頭，聲門閉攏，聲帶振動，氣流通過口腔時，舌體向後縮，舌位大約保持在口腔的中央，同時嘴唇聚攏呈現圓形，持續保持這樣的口腔形狀，氣流通過口腔直到發音結束，這個元音就是單韻母「ㄛ」。

3. 後、中高、展唇元音：ㄜ [ɤ]

發ㄜ韻母時，氣流由肺部上升到喉頭，聲門閉攏，聲帶振動，氣流通過口腔時，舌體向後縮，舌位大約保持在口腔的中央，同時嘴唇呈現扁平狀態，持續保持這樣的口腔形狀，氣流通過口腔直到發音結束，這個元音就是單韻母「ㄜ」。

4. 前、中高、展唇元音：ㄝ [e]

發ㄝ韻母時，氣流由肺部上升到喉頭，聲門閉攏，聲帶振動，氣流通過口腔時，舌體向前伸，舌位大約保持在口腔的中央，同時嘴唇呈現扁平狀態，持續保持這樣的口腔形狀，氣流通過口腔直到發音結束，這個元音就是單韻母「ㄝ」。

注音符號中雖然設計了ㄚ、ㄛ、ㄜ、ㄝ四個單韻母，但在語音搭配上，ㄛ和ㄝ都一定要搭配介音才能與聲母結合成為音節，國語只有「一、ㄨ、ㄩ、ㄚ、ㄜ」可以直接與聲母搭配，如「立ㄌ、路ㄌㄨ、綠ㄌㄩ、辣ㄌㄚ、樂ㄌㄜ」等音節。而ㄛ的使用一定要搭配ㄨ介音；ㄝ的使用一定要搭配一或ㄩ，才能與聲母結合為音節，這是我們要特別注意的。

（三）複合韻母：ㄞ、ㄟ、ㄠ、ㄡ

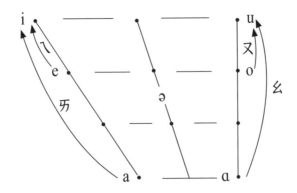

複合韻母（compound vowel）又稱為複韻母。ㄞ、ㄟ、ㄠ、ㄡ雖然設計上是單個注音符號字形，但

每個字母卻包含了兩個音。在發音時，口腔先發出一個響度較大的元音，發音時程較長，口腔形狀再迅速轉換到一個響度較小，時程較短的元音型韻尾。

　　要注意的是，不宜將「複合韻母」視為「雙母音」，因為一個音節只能有一個元音，複合韻母的韻尾雖然也是元音性質，但韻尾的角色是音節末端的裝飾成分，主要的元音角色還是由複合韻母的前面那個元音來扮演。以下逐一介紹複合韻母ㄞ、ㄟ、ㄠ、ㄡ的發音舌位。

　　1. ㄞ [ai]（ㄚ [a] ＋ ㄧ [i]）

　　發ㄞ韻母時，氣流由肺部上升到喉頭，聲門閉攏，聲帶振動，氣流通過口腔時，舌體向前伸，發出前低元音 [a] 音，而後舌體持續保持在前，而舌位上升到最高的位置，從 [a] 音迅速滑動到 [i] 音。

　　發ㄞ音時舌位近似於ㄚ [a] 音後加ㄧ [i] 音，但要注意發ㄞ時的主要元音是偏前的低元音 [a]；且在時長上，因為 [a] 是主要元音，所以發音時長較長；[i] 是修飾性的韻尾，時長較短。

　　2. ㄟ [ei]（ㄝ [e] ＋ ㄧ [i]）

　　發ㄟ韻母時，氣流由肺部上升到喉頭，聲門閉攏，聲帶振動，氣流通過口腔時，舌體向前伸，舌位大約保持在口腔的中央，同時嘴唇呈現扁平狀態，發出 [e] 音，而後舌體持續保持在前，而舌位上升到最高的位置，從 [e] 音迅速滑動到 [i] 音。

　　發ㄟ音時舌位相當於ㄝ [e] 音後加ㄧ [i] 音，但

要注意 [e] 是主要元音,所以發音時長較長;[i] 是修飾性的韻尾,時長較短。

3. ㄠ [au]（ㄚ [a] + ㄨ [u]）

發ㄠ韻母時,氣流由肺部上升到喉頭,聲門閉攏,聲帶振動,氣流通過口腔時,舌體向後縮,發出後低元音 [a] 音,而後舌體持續保持在後,而舌位上升到最高的位置,從 [a] 音迅速滑動到 [u] 音。

發ㄠ音時舌位近似於ㄚ [a] 音後加ㄧ [i] 音,但要注意發ㄠ時的主要元音是偏後的低元音 [a];且要注意在時長上,因為 [a] 是主要元音,所以發音時長較長;[i] 是修飾性的韻尾,時長較短。

4. ㄡ [ou]（ㄛ [o] + ㄨ [u]）

發ㄡ韻母時,氣流由肺部上升到喉頭,聲門閉攏,聲帶振動,氣流通過口腔時,舌體向後縮,舌位大約保持在口腔的中央,同時嘴唇聚攏呈現圓唇狀態,發出 [o] 音,而後舌體持續保持在後,而舌位上升到最高的位置,從 [o] 音迅速滑動到 [u] 音。

發ㄡ音時舌位相當於ㄛ [o] 音後加ㄨ [u] 音,但要注意 [o] 是主要元音,所以發音時長較長;[u] 是修飾性的韻尾,時長較短。

從以上對複合韻母ㄞ、ㄟ、ㄠ、ㄡ的發音舌位的描述來看,ㄞㄟㄠㄡ雖然跟ㄚㄛㄜㄝ一樣都是注音字母,但實際的語音表現卻是兩個語音的結合。國語的音節結構中能擔任「韻尾」的元音有兩種,一個是ㄧ [i],另一個是ㄨ [u],同時ㄧ [i] 和ㄨ [u] 也能擔任國語音節中的介音角色或是擔任主要元音。

（四）鼻音韻母：ㄢ、ㄣ、ㄤ、ㄥ

　　鼻音韻母又稱為「聲隨韻母」。ㄢ、ㄣ、ㄤ、ㄥ雖然設計上是單個注音符號字形，但每個字母卻包含了兩個音。在發音時，口腔先發出一個響度較大的元音，發音時程較長，氣流再迅速過渡到鼻腔，發出響度較小，時程較短的鼻音當韻尾。韻尾的角色是音節末端的語音裝飾成分，主要的元音角色還是由鼻音前面的口部元音來扮演。以下逐一介紹鼻音韻母ㄢ、ㄣ、ㄤ、ㄥ的發音舌位。

1. ㄢ [an]（ㄚ [a] + ㄋ [n]）

　　發ㄢ韻母時，氣流由肺部上升到喉頭，聲門閉攏，聲帶振動，氣流通過口腔時，舌體向前伸，發出前低元音 [a] 音，而後舌體持續保持在前，而舌位上升到最高的位置，此時舌尖迅速抵住上齒齦，堵住氣流通道，同時氣流換道，轉往鼻腔逸出，相當於發出輔音ㄋ [n]。從 [a] 音迅速過渡到 [n] 音就是韻母ㄢ [an]。

　　發ㄢ音時舌位近似於ㄚ [a] 後加ㄋ [n]，但要注意發ㄢ時的主要元音是偏前的低元音 [a]，且 [a] 是主要元音，所以發音時長較長；ㄋ [n] 是修飾性的韻尾，時長較短。

2. ㄣ [ən]（ㄜ [ə] + ㄋ [n]）

　　發ㄣ韻母時，氣流由肺部上升到喉頭，聲門閉攏，聲帶振動，氣流通過口腔時，舌體居中，舌位大約保持在口腔的中央，發出央元音 [ə] 音，而後舌位上升到最高的位置，此時舌尖迅速抵住上齒齦，堵住氣流通道，氣流換道轉往鼻腔逸出，相當於發出輔音ㄋ [n]。從 [ə] 音迅速過渡到 [n] 音就是韻母ㄣ [ən]。

　　發ㄣ音時舌位近似於ㄜ [ə] 後加ㄋ [n]，但要注意發ㄣ時的主要元音是央元音 [ə]，且 [ə] 是主要元音，所以發音時長較長；ㄋ [n] 是修飾性的韻尾，時長較短。

3. ㄤ [aŋ]（ㄚ [a] + ㄥ [ŋ]）

　　發ㄤ韻母時，氣流由肺部上升到喉頭，聲門閉攏，聲帶振動，氣流通過口腔時，舌體向後縮，發出後低元音 [ɑ] 音，而後舌體持續保持在後，舌根和軟顎這兩個部位迅速互相抵觸，此時口腔的氣流通道受阻，氣流換道，轉往鼻腔逸出，相當於發出輔音ㄥ [ŋ]。從 [ɑ] 音迅速過渡到 [ŋ] 音就是韻母ㄤ [ɑŋ]。

　　發ㄤ音時舌位近似於ㄚ [a] 後加ㄥ [ŋ]，但要注意發ㄤ時的主要元音是偏後的低元音 [ɑ]，且 [ɑ] 是主要元音，所以發音時長較長；[ŋ] 是修飾性的韻尾，時長較短。

4. ㄥ [əŋ]（ㄜ [ə] + ㄫ [ŋ]）

發ㄥ韻母時，氣流由肺部上升到喉頭，聲門閉攏，聲帶振動，氣流通過口腔時，舌體居中，舌位大約保持在口腔的中央，發出央元音 [ə] 音，而後舌根和軟顎這兩個部位迅速互相抵觸，此時口腔的氣流通道受阻，氣流換道，轉往鼻腔逸出，相當於發出輔音ㄫ [ŋ]。從 [ə] 音迅速過渡到 [ŋ] 音就是韻母ㄥ [əŋ]。

發ㄥ音時舌位近似於ㄜ [ə] 後加ㄫ [ŋ]，但要注意發ㄥ時的主要元音是央元音 [ə]，且 [ə] 是主要元音，所以發音時長較長；ㄫ [ŋ] 是修飾性的韻尾，時長較短。

（五）卷舌韻母：ㄦ [e] 或 [ɐ]

韻母ㄦ是國語音節結構中唯一一個需要卷舌的語音。ㄦ韻母內部有兩個成分，前面的主要元音是央低元音 [ɐ]，後面的韻尾才是卷舌音 [ə]。

發ㄦ韻母時，氣流先由肺部上升到喉頭，聲門閉攏，聲帶振動，氣流通過口腔時，舌體居中，舌位下降偏低，發出央低元音 [ɐ] 音，而後舌體持續保持在中間，舌尖迅速捲起接近上顎，發出卷舌音 [ə]。

發ㄦ音時，主要元音是央低元音 [ɐ] 音，且 [ɐ] 是主要元音，所以發音時程較長；卷舌音 [ə] 是修飾性的韻尾，時長較短。

ㄦ韻母永遠不和其他聲母結合，只單獨使用。在讀國語第二、三聲如「而、爾」時，讀為 [ə]；若讀

第四聲如「二」時，則讀為 [ɐɻ]。

　　從以上對國語五類韻母的分析來看，國語韻母的內部的搭配關係非常豐富，但從注音符號本身看不出來單韻母與其他類韻母的差別，因此必須藉由國際音標的分析，才能清楚說明韻母內部的組合模式。而身為一位小學教師，更必須清楚這些韻母的發音內涵，否則很可能誤以為ㄝ與ㄟ是跟英語一樣的長短母音的區別。

　　另外要注意的是，國語的／a／元音會隨著韻尾的搭配關係出現前低元音 [a]、後低元音 [ɑ]，這是國語的特色。像英語的／a／元音就永遠都是後低元音 [ɑ]，所以國語的「愛」與英語的「eye」；國語的「賴」與英語的「lie」發音時主要元音的舌位是不太一樣的。

問·題·與·討·論

1. 請解釋「ㄝ／ㄟ」及「ㄛ／ㄡ」的發音區別。
2. 請說明「ㄚ／ㄞ／ㄠ」三個注音字母中的／a／有何區別。
3. 請指出國語音節的「韻尾」有哪些可能出現的語音？
4. 國語的「愛」與英語的「eye」；國語的「賴」與英語的「lie」發音有何不同？
5. 請圈選國語的單韻母適合的元音舌位說明：

單韻母	舌位高低	舌體前後	唇形展圓
ㄧ	高／中／低	前／後	展／圓
ㄨ	高／中／低	前／後	展／圓
ㄩ	高／中／低	前／後	展／圓
ㄚ	高／中／低	前／後	展／圓
ㄛ	高／中／低	前／後	展／圓
ㄜ	高／中／低	前／後	展／圓
ㄝ	高／中／低	前／後	展／圓
ㄦ	高／中／低	前／後	展／圓

【第五節】國語的介音

　　本章在討論國語音節內部結構時提到,國語的音節可以分成聲母、韻母和聲調三大組成成分。而韻母又能細分成韻頭、韻腹和韻尾。本節要討論的是國語韻母中的「韻頭」成分,在語音學上稱為介音(Mediate)。

　　介音是介於聲母(含零聲母)和韻腹之間的過渡語音,可以說是韻母中修飾主要元音的成分,因為發音較短,音強較弱,都是主要元音前的過渡成分而已,在語言學上稱為 Prenuclear glide(核心音前滑音)。

　　國語的介音有三個:ㄧ [i]、ㄨ [u]、ㄩ [y]。這三個語音在上一節介紹國語的單韻母時已經介紹過發音時的舌位與唇形,這三個元音也能當作國語的介音成分,出現在國語音節中主要元音之前,其語音性質已經不是元音而是半元音了。

　　在國語音節中因為介音的屬性,把韻母類型分成四類,傳統上稱為「四呼」,分別是韻母開頭沒有介音的稱為「開口呼」;韻母開頭有介音ㄧ的稱為「齊齒呼」;韻母開頭有介音ㄨ的稱為「合口呼」;韻母開頭有介音ㄩ的稱為「撮口呼」。

　　國語韻母結構中開口呼共有 14 種韻母類型；齊齒呼共有 11 種類型；合口呼共有 9 種類型，撮口呼只能搭配出 5 種韻母類型。請在以下表格中填入開齊合撮四呼能搭配的韻母類型。

	開口呼 〔沒有介音〕	齊齒呼 〔有介音ㄧ〕	合口呼 〔有介音ㄨ〕	撮口呼 〔有介音ㄩ〕
單韻母	帀	ㄧ	ㄨ	ㄩ
	ㄚ			
	ㄛ	ㄧㄛ		
	ㄜ			
	ㄝ			
複合韻母	ㄞ	ㄧㄞ*		
鼻音韻母	ㄢ			
		ㄧㄥ		
卷舌韻母	ㄦ			
統計	共 14 種	共 11 種	共 9 種	共 5 種

* 只有「崖」是這個音節

【第六節】國語的聲調

　　聲調（Tone）是國語的音高表現，國語的聲調具有區別詞義的作用，在音節成分中，聲調屬於超音段（Suprasegmental Feature），超音段又稱為「上加音素」。我們無法從語音內部的輔音元音成分去分析超音段，而是用相同內部結構的語音互相比較而發現這種添加在音段（輔音加元音）之上的語音成分。國語的聲調就是一種語音互相比較音高差異而得到的語音成分，因為音高不同，意義也產生差異，國語中一共有四種不同音高類型，這種語音成分，國語稱為「聲調」。國語中的每一個音段最多能有四種聲調類型，如「ㄐㄩ」音節能有「ㄐㄩ、ㄐㄩˊ、ㄐㄩˇ、ㄐㄩˋ」四種聲調，但有些音節就可能只有兩三種聲調類型，如「ㄐㄩㄢ」音節就少了第二聲的聲調類型。

　　歷代的國語都有聲調，最為人所知的就是古代所分的「平上去入」四個調類。而現代所說的陰平、陽平聲以及第一聲第二聲與平上去入關係為何？以下詳細說明。

一、從平上去入到一二三四聲

　　中國歷代以來的國語都有聲調，在分析唐詩宋詞時，古人寫詩押韻講究「平仄」，「平仄」就是在分析中國語言中音節的輕重，並利用這種語音的輕重來營造詩歌的韻律感。

　　如果拿「平上去入」來對比「平仄」，可以很輕易知道「仄」就是「上去入」，因為除了平聲，其餘三種聲調的音高都有起伏變化，都是「非平聲」，故統稱為仄聲。因此分「平仄」就是區分音節是不是平聲。

　　古人的「平上去入」如何發音，清代學者顧炎武曾經描述：「平聲清遲，上去入之聲重疾。」因為當時沒有較為科學的調值描述工具，所以很難透過文字描述來確知發音的調值實況，我們只能試著從明朝和尚釋真空的《玉鑰匙歌訣》來揣摩：

　　　　平聲平道莫低昂，
　　　　上聲高呼猛烈強，
　　　　去聲分明哀遠道，
　　　　入聲短促急收藏。

　　從詩意上來看，古代的平聲應該是平調，上聲是升調，去聲是降調，入聲是短調。現代國語已經「入派三聲」，入聲歸入平上去三聲了，但是會說南方方言如閩南語、客家話的人，都能很容易理解「入聲」

的聲調特性。以臺灣閩南語為例，可以用以下幾個字的閩南語讀音來理解閩南語三類不同的入聲韻尾：

閩南語入聲韻尾類型	閩南語例字
帶有 -p 韻尾	立（lip）、 習（sip） 急（kip）
帶有 -t 韻尾	日（lit）、 息（sit）、 直（tit）
帶有 -k 韻尾	力（lik）、 熟（sik）、 竹（tik）

　　從以上這幾個閩南語用字來看，這些字在閩南語中的讀音都帶有輔音性韻尾，所以用閩南語讀起來尾音會有阻塞感，語音無法拉長而顯得短促，這就是詩中所說的「入聲短促急收藏」，閩南語所表現的入聲特性，是比較古老的漢語特徵，現代國語中的入聲特徵已經消失了，只剩下平上去三種聲調特性，這就是入派三聲。

　　我們現代稱呼國語的聲調，已經很少使用「平上去」的說法了，除了入聲消失這個語音變化之外，古代漢語和現代國語之間，還有一個重要的變化，稱為「濁音清化」（Devoicing）。

　　在第四章第一節國語的語音特點中曾經提過，國語有利用氣流強弱區別語義的特性，如「ㄅㄆ」、「ㄉㄊ」這一類區別，但在古代漢語中，聲母還有聲帶振動與否的區別，也就是聲母清濁的區別，古人稱清聲母為「陰」；濁聲母為「陽」。但是現代國語中，聲母清濁的對比消失了，因為濁聲母已經轉變成清聲母，同時聲調的分類上也有了變化：古代的平聲字，因為濁聲母變得跟清聲母一樣，所以平聲開始分

化為二，成為「陰平」和「陽平」。「陰平」就是指古代聲母是清聲母，「陽平」就是指古代聲母是濁聲母。因此現代國語中的第一聲稱為「陰平」，第二聲稱為「陽平」。現代國語的第三聲來自古代的清聲母上聲字，而所有的去聲字以及古代的濁聲母上聲字，現在是第四聲。

古調類	濁音清化	現代國語例字	現代聲調
平	陰平	包、刀、高、交、招	第一聲
	陽平	袍、桃、扛、橋、潮	第二聲
上	陰上	保、島、搞、繳、找	第三聲
	陽上	被、稻、象、靜、趙	第四聲
去	陰去	報、倒、過、去、氣	
	陽去	抱、盜、事、郡、動	
入	入派三聲（歸入第二聲居多）	擦、滴、割、拉、拍、黑、哭	第一聲
		薄、毒、急、竹、族、白、節	第二聲
		撇、篤	第三聲
		瀑、踏、煞、豁、度、魄、穴	第四聲

二、國語聲調符號的創制

現代國語有四個調類：陰平、陽平、上聲及去聲。現代為了指稱方便，在教學上都以聲調的編號稱之：陰平稱為第一聲；陽平稱為第二聲；上聲稱為第

三聲；去聲稱為第四聲。

　　為了以科學的方法記錄國語四聲的實際調值表現，避免落入前人使用模糊不清的敘述如「上去入之聲重疾」這類的形容方式來記錄聲調，中國語言學之父趙元任（1892-1982）在 1930 年創立了五度制調值標記法（Five Level Tone Number Mark），這是趙元任先生從樂譜上的音律高低中得到的靈感，但是必須要特別注意的是：樂理上的音高是絕對音高，說話時的音高是「相對音高」而非絕對的音高，一般說話時的音高可以分出 1、2、3、4、5 五個相對高度：分為 1（低）、2（次低）、3（中）、4（次高）、5（高）共五個等級，五度制調值標記法即是記錄國語的音節中聲調從起點到終點的高低變化，縱軸代表音高；橫軸代表語音的時長。

　　利用五度制調值標記法，標準國語的第一聲音高是持續平穩的最高調，稱為「高平調」，調值為 55；第二聲的音高由中音升到最高，稱為「高升調」，調值為 35；第三聲的音高由半低先降到最低，再升到次高的位置，稱為「降升調」，調值為 214；第四聲由高調降到最低調，稱為「高降調」（或稱全降調），調值為 51。用五度制標記法記錄國語調值的圖表如下：

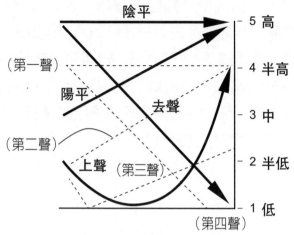

【國語標準調值】

（虛線為臺灣社會口語實際調值）

從以上圖表我們可以發現，我們在注音符號中使用的聲調符號，就是來自五度制調值標記法。因為符號的設計以「簡省」為大原則，因此在注音符號系統中以省略不寫方式來代表第一聲的標調符號。

國語的標準調值是趙元任採用北京國語所做的音高紀錄，我們在朗讀或演說的時候，發音時要求盡量貼近標準調值。但在一般社會生活中我們使用國語時，四聲的音高變化較為和緩，大約只分四度，尤其是第三聲，幾乎只是 2-1-2 這樣的細微音高變化。因為第三聲的音高需要先降下再升起，因此發音時程上是四聲中最長的；而第四聲因為急速由最高降為最低，因此發音時程上是四聲中最短的。音程長短依序是：上聲 > 陽平 > 陰平 > 去聲。

課·堂·習·作

　　以上各節說明了國語的聲母、韻母及聲調的系統，國語的音節就是由這些音段與超音段所組成的，為了更加清楚國語的音節成分彼此間的搭配關係，請按照介音的區別，將國語的聲韻調組合，分成開口呼、齊齒呼、合口呼和撮口呼四種結構類型，每種音節請填寫一個例字到圖表上。

　　1. 開口呼音節表：聲母ㄅ到ㄌ

聲母＼韻母	ㄚ	ㄛ	ㄜ	ㄝ	ㄞ	ㄟ	ㄠ	ㄡ	ㄢ	ㄣ	ㄤ	ㄥ
ㄌ												
ㄋ												
ㄊ												
ㄉ												
ㄈ												
ㄇ		摩										
ㄆ												
ㄅ	八	波										
零聲母					哀							

2. 開口呼音節表：聲母ㄍ到ㄙ

聲母〴韻母	ㄍ	ㄎ	ㄏ	ㄐ	ㄑ	ㄒ	ㄓ	ㄔ	ㄕ	ㄖ	ㄗ	ㄘ	ㄙ
ㄭ							之			日			斯
ㄚ													
ㄛ													
ㄜ													
ㄝ													
ㄞ													
ㄟ													
ㄠ													
ㄡ													
ㄢ													
ㄣ													
ㄤ													
ㄥ													

3. 齊齒呼音節表：聲母ㄅ到ㄌ

韻母＼聲母	零聲母	ㄅ	ㄆ	ㄇ	ㄈ	ㄉ	ㄊ	ㄋ	ㄌ
ㄧ									
ㄧㄝ									
ㄧㄛ									
ㄧㄞ									
ㄧㄠ									
ㄧㄡ									
ㄧㄢ									
ㄧㄣ									
ㄧㄤ									
ㄧㄥ									

4. 齊齒呼音節表：聲母ㄍ到ㄙ

聲母 ＼ 韻母	ㄧ	ㄧㄚ	ㄧㄛ	ㄧㄝ	ㄧㄞ	ㄧㄠ	ㄧㄡ	ㄧㄢ	ㄧㄣ	ㄧㄤ	ㄧㄥ
ㄙ											
ㄘ											
ㄗ											
ㄖ											
ㄕ											
ㄔ											
ㄓ											
ㄒ											
ㄑ											
ㄐ											
ㄏ											
ㄎ											
ㄍ											

5. 合口呼音節表：聲母ㄅ到ㄌ

聲母 \ 韻母	零聲母	ㄅ	ㄆ	ㄇ	ㄈ	ㄉ	ㄊ	ㄋ	ㄌ
ㄨ									
ㄨㄚ									
ㄨㄛ									
ㄨㄞ									
ㄨㄟ									
ㄨㄢ									
ㄨㄣ									
ㄨㄤ									
ㄨㄥ									

6. 合口呼音節表：聲母ㄍ到ㄙ

聲母＼韻母	ㄍ	ㄎ	ㄏ	ㄐ	ㄑ	ㄒ	ㄓ	ㄔ	ㄕ	ㄖ	ㄗ	ㄘ	ㄙ
ㄨ													
ㄨㄚ													
ㄨㄛ													
ㄨㄞ													
ㄨㄟ													
ㄨㄢ													
ㄨㄣ													
ㄨㄤ													
ㄨㄥ													

7. 撮口呼音節表

韻母\聲調\聲母	ㄋ	ㄌ	ㄐ	ㄑ	ㄒ
ㄩ					
ㄩㄝ					
ㄩㄢ					
ㄩㄣ					
ㄩㄥ					

第五章 國語的語流音變

國語中除了有四聲之外，在語流之中有一些特殊的語音變化，原本的音節聲調會轉變成其他的聲調，最需要注意的是第三聲的連讀變調、輕聲的變調以及「一」和「七」的變調；另外，句末語氣詞受到前一個音節的影響，也會有連音變化。

【第一節】國語的上聲連讀變調

「連讀變調（Tone Sandhi）」指的是語流中兩個聲調連讀時產生的變化。漢語各種方言的聲調連讀變調現象通常很複雜，甚至難以說明其中規律。相對而言，國語的連讀變調現象相當單純，變調現象僅出現在連續的第三聲音節中。

國語的第三聲是一個曲折調，標準調值是214：，第三聲的音長是國語四種聲調中最長的，調型相對而言也是最曲折的，因此在說話的語流中，出現第三聲音節時就有變調發生，第三聲經常被簡省成前半段 21：或後半段 14：，前半段 21：稱為「前半上」，後半段 14：稱為「後半上」，第三聲音節只有出現在語流的最末端或單獨出現時才會保存全部音長 214：，稱之為「全上」。以下說明國語在各種狀況下的連讀變調現象。

（一）全上（標準調值 214：）

國語的第三聲音節只有出現在語流的最末端或單獨出現時才會讀為全上。請練習以下短句：

❶ 早！
❷ 您好！
❸ 大家好！
❹ 老師人真好！

（二）前半上（標準調值 21：）

國語的第三聲音節後接**非第三聲音節**時，第三聲音節的聲調就會簡省為前半上。請練習以下詞彙：

❶ 老師、小三（第三聲＋第一聲）
❷ 老婆、小魚（第三聲＋第二聲）
❸ 老爸、小弟（第三聲＋第四聲）
❹ 老子、小子（第三聲＋輕聲）

（三）後半上（標準調值 14：，一般讀為 35：）

　　國語的第三聲音節若是後面再接第三聲音節，則前一個音節必須變成後半上，在語音實驗中，後半上的調值與第二聲表現沒有差異，均為 35：。請練習以下詞彙：

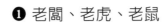

❶ 老闆、老虎、老鼠
❷ 小鬼、小丑、小鳥
❸ 徐老師：許老師
❹ 買馬：埋馬
❺ 過老死：過勞死

（四）連續三聲的變調

　　在國語中，第三聲音節若連續出現，則必須判斷哪些音節要變調，變調的規則有兩條：

第一原則：成詞的優先變調
第二原則：絕不可出現連續兩個第三聲音節

　　以「好總統」為例，「總統」優先成詞，因此「總」變調讀為後半上（聲調等同第二聲），「好」

則讀前半上，「統」讀全上。

以「總統好」為例，「總統」優先成詞，因此「總」變調讀為後半上（聲調等同第二聲），但因後面又接了第三聲音節「好」，因此「統」僅讀後半上（聲調等同第二聲），「好」讀全上。

問·題·與·討·論

以下有一些連讀變調的思考題，請說明應該怎麼變調。

1. 小小鳥／小米酒／潛水艇／潛艇堡／火影忍者
2. 電話：595-5555；手機號碼：0955-995555
3. 「我想起以往奶奶總走老遠買小米煮好久等我與女友來吃飯。」
4. 「我想起來了。」有兩個意思，一個是「我回憶起來了」，另一個是「我想從床上起身了」。兩句話會有不同的變調嗎？

【第二節】國語的輕聲變調

「輕聲」是指標準國語在四聲之外，將字調讀得
比四聲更輕更短的現象。漢語是一種聲調語言（Tone
Language），現代國語有四種聲調，語音的音調高
度與調型會影響語義。漢語的每一個字在單獨使用時
都有固定的聲調，一旦聲調讀錯，意義也會跟著改
變。以下說明國語中有哪些詞必讀為輕聲，以及教學
上應該注意的輕聲問題。

一、必讀「輕聲」的詞彙

漢語的單字音都有獨立的聲調，但漢語同時也
具有語調，也就是說，漢語和西方語言一樣都是有輕
重音之分的。單字音的音高與句子本身的輕重音是同
時存在於漢語的語流中的。因此，漢語同樣具有弱音
節，表現方式就是「輕聲」。在語流音變上，輕聲屬
於一種語音的弱化現象，輕聲在發音時無論是聲帶或
是口腔肌肉都比發原調來得鬆弛，在語流上顯得更省
力，因此使用輕聲有實際的經濟效益。

輕聲在語言學上稱之為 Neutral Tone，也就是中
性的聲調。輕聲並不屬於國語四聲中的任一聲調，但
也不能單獨存在，輕聲在詞彙中不能出現在第一音

節，至多出現在第二音節中，輕聲也不能算是獨立的一類聲調，因為每一個讀為輕聲的字，都有自己的本調，因此輕聲不能算是國語的第五個聲調。

至於輕聲的調值，則決定於在輕聲之前音節聲音的高低。但輕聲究竟讀多高，則各家說法不一，趙元任（1980）認為，在第三聲後的輕聲最高，第一、二聲後則差不多一樣高，第四聲後的輕聲則音高最低。對現代國語的使用者而言，輕聲在四聲之後的調值差異性並不大，由此可知，輕聲並不是一個調值相當固定的聲調，只能算是一種語流中的變調，因此在調值表現上並不穩定。

在標準國語規範中，有一些詞彙被規範為「固定輕聲」或「絕對輕聲」，這些被規範必須讀為輕聲的詞彙，一般大眾的口語並不見得按照規範讀為輕聲，被規範為「固定輕聲」的詞類如下：

（一）句末語氣詞

一般來說，句末語氣詞必須讀為輕聲，這和漢語的語調也有關係，句子到了最尾端時，語音通常都有弱化的傾向，規範為絕對輕聲的句末語氣詞及例句如下表：

句末語氣詞	例句
1. 啊	他是不是馬拉松選手**啊**？
2. 嗎	他是一名馬拉松選手**嗎**？
3. 呢	他可是一名馬拉松選手**呢**！
4. 了	他終於成為一名馬拉松選手**了**！
5. 吧	你應該是一名馬拉松選手**吧**？
6. 啦	我終於成為馬拉松選手**啦**！
7. 囉	我終於成為馬拉松選手**囉**！
8. 嘛	拜託你**嘛**！

（二）動態助詞「著」和「了」

　　動態助詞是指緊接在動詞後面表示時態的助詞。「著」、「了」在口語詞句中必須讀為輕聲，如「淋著雨」、「迎著風」、「吃了飯」、「買了書」。

（三）結構助詞「的」、「地」、「得」

　　結構助詞是指ㄉㄜ·這個音節，在國語中有三個字代表結構助詞ㄉㄜ·——「的」、「地」、「得」，不同的用字表示不同的句子結構關係，跟結構助詞前後的詞語詞性沒有太大關係，這三個同音異字的結構助詞所代表的語法功能分述如下：

結構類型	例句
定語＋的（ㄉㄜ˙）＋中心語	謙虛「的」孩子／苦惱「的」母親／精緻「的」蛋糕
狀語＋地（ㄉㄜ˙）＋中心語	謙虛「地」說明／苦惱「地」走著／專心「地」看書
中心語＋得（ㄉㄜ˙）＋補語	謙虛「得」不得了／苦惱「得」很／做「得」精緻／值「得」收藏

（四）親屬疊字稱謂

在現代國語中，對於親屬疊字稱謂如「爸爸」、「媽媽」等規定為固定輕聲。近年社會上發展出一種新的親屬疊字稱謂變調，即第三聲加第二聲，如將「爸爸」讀為「把拔」，「媽媽」讀為「馬麻」，「妹妹」讀為「美眉」等。

在人名疊字上，第二音節應讀為輕聲，如「圓（ㄩㄢˊ）圓（ㄩㄢ˙）」，但現代國語口語中也習慣讀為原調或和親屬疊字稱謂一樣，讀為第三聲加第二聲，如「婷（ㄊㄧㄥˇ）婷（ㄊㄧㄥˊ）」，教師在教學情境上遇到親屬疊字或人名疊字時應特別注意。

（五）綴詞「麼」及後綴詞尾

綴詞「麼」（ㄇㄜ·）僅能出現在有限的詞根之後，如：「什麼」、「這麼」、「那麼」。「麼」必須讀輕聲。

後綴詞尾是指在一個詞彙添加一個音節於詞尾，以利國語形成雙音節詞彙，所以有些後綴詞尾是無義的音節，純粹為了構成雙音節而添加，但有些後綴詞尾仍有意義。後綴詞尾必須讀為輕聲，規範為絕對輕聲的後綴詞尾及例詞如下表：

後綴詞尾	例詞
1. 子	桌子、刀子、罐子、鼻子
2. 頭	石頭、斧頭、木頭、舌頭
3. 巴	尾巴、嘴巴、下巴
4. 們	我們、你們、他們

後綴詞尾「子」讀為輕聲與非輕聲在詞義和詞性上有明顯差異，因此在現代國語中普遍使用。如：「老子」、「莊子」、「孫子」、「管子」，「子」若讀第三聲，則指古代哲人名或其著作；若第二音節讀為輕聲，則是普通名詞而非人名或專書名。

（六）衍聲複詞

衍聲複詞又稱為「聯緜詞」，在詞彙的組成上聯緜詞合兩字為一義，通常是聲音相同或相近的兩個字疊起來成為一個詞，兩字不可拆釋。凡是衍聲複詞的第二音節規定都必須讀為輕聲。如「玻璃（ㄌㄧ・）」、「疙瘩（ㄉㄚ・）」、「蘿蔔（ㄅㄛ・）」等。

二、輕聲的辨義作用

在詞彙中輕聲的有無，對於詞性和詞義有區別作用。有些情況下，輕聲的有無的確可以幫助辨識某些同音詞彙的詞義，如「蓮子（ㄗˇ）」與「簾子（ㄗ・）」、「棋子（ㄗˇ）」與「旗子（ㄗ・）」、「蛇頭（ㄊㄡˊ）」與「舌頭（ㄊㄡ・）」。但現代國語靠輕聲與非輕聲的對立辨別詞義和詞性的例子並不多，因為語境同時提供了同形詞辨別詞義的條件。同形詞可以利用輕聲的有無來區別詞性與詞義的例證，有以下十個：

（一）東西：若「西」讀第一聲，語義是「東邊與西邊」；若「西」讀輕聲，語義是「物品」。

（二）妻子：若「子」讀第三聲，語義是「老婆和兒女」；若「子」讀輕聲，語義是「妻之通稱」。

（三）受用：若「用」讀第四聲，語義是動詞「得到益處」；若「用」讀輕聲，語義是形容詞「身

心感到舒服」。

（四）開通：若「通」讀第一聲，語義是動詞「啟發」；若「通」讀輕聲，語義是形容詞「思想不閉塞的」。

（五）地道：若「道」讀第四聲，語義是名詞「地下隧道」；若「道」讀輕聲，語義是形容詞「真實、不虛偽」。

（六）地下：若「下」讀第四聲，語義是形容詞「地面以下」或「不公開、不合法的」；若「下」讀輕聲，語義是「地面上」。

（七）利害：若「害」讀第四聲，語義是並列詞組「利益和損害」；若「害」讀輕聲，語義是形容詞「嚴重」。

（八）對頭：若「頭」讀第二聲，語義是形容詞「正確無誤」或「合得來」；若「頭」讀輕聲，語義是名詞「仇人」。

（九）過去：若「去」讀第四聲，語義是名詞「從前」；若「去」讀輕聲，語義是動詞「經過」、「前往」或「死去」。

（十）火燒：若「燒」讀第一聲，語義是形容詞「溫度很高的」；若「燒」讀輕聲，語義是名詞「沒有芝麻的燒餅」，也就是「槓子頭」。

三、與輕聲有關的教學問題

在現代國語中，只有少數合義複詞第二音節讀為輕聲，如動詞「謝謝」、名詞「名字、意思、傢伙、畜牲、師父、鑰匙、東西、暖和」是社會上比較普遍讀為輕聲的詞語，而一般性的名詞使用輕聲的情況並不多，國小學齡的兒童經常會將「名字」這個詞寫成「名子」。一般名詞的第二音節有輕聲讀法在現代國語中是很少見的，「字」這個字也唯有在「名字」這個詞彙中才讀為輕聲，它的本調應該是第四聲。但在現代國語的口語中一般都將這個詞彙的第二音節讀為輕聲，這其實是違反孩童在學習國語時心裡的聲調規則的，因此國中小教師經常糾正學童在文章中寫成「名子」的錯誤寫法。在現代社會上，也常會有成人在不經意的情形下將「名字」寫成「名子」的情況。

又在現代國語中，一般人對於後綴詞尾「頭」、「巴」在實際使用上都不讀為輕聲而讀為本調ㄊㄡˊ，因此「枕頭」一詞經常被誤解為「頭」具有實質語義，事實上「枕頭」中只有「枕」有語義，「頭」是一個後綴成分，沒有實質意義。教師應正確了解輕聲的語音特質，可以在教學上理解學生學習時的偏誤現象的產生原因，也可以釐清某些帶有輕聲的詞彙的語義，輕聲不只是一種聲調的弱化現象而已，它連帶影響詞彙結構與句子的語法功能，因此在教學上，要特別注意。以下提供一些較常用的輕聲詞彙：

1. 衣裳	2. 便宜	3. 芝麻	4. 困難	5. 耳朵
6. 張羅	7. 早上	8. 事情	9. 親家	10.包袱
11.豆腐	12.衣服	13.舒服	14.丈夫	15.師傅
16.厲害	17.麻煩	18.明白	19.名堂	20.畜牲
21.稱呼	22.快活	23.暖和	24.招呼	25.傢伙
26.湊合	27.心思	28.意思	29.鑰匙	30.故事
31.護士	32.先生	33.攪和	34.名字	35.窩囊
36.關係	37.消息	38.東西	39.休息	40.客氣

【第三節】國語的句尾連音

　　國語的口語中句尾經常帶有語氣助詞，用來舒緩語氣，或是帶出疑問效果。經常使用的句尾語氣助詞語音形式上有「-a」、「-o」兩種，書面上寫成「啊」、「喔」，但因為前一個音節的韻尾影響，因此出現音變現象，若前一音節有 [i] 韻尾或 [y] 韻，則會出現 -ia、-io，國字寫為「呀」、「唷」；若前一音節有 [u] 韻尾，則會出現 -ua，國字寫為「哇」；若前一音節有 [n] 韻尾，則會出現 -na，國字寫為「哪」。若語氣助詞出現在「了ㄌㄜ」之後，則會帶出連音 -la、-lo，國字寫為「啦」、「囉」。

　　有些連音雖然沒有特別設計國字來表音，但仍必須按語尾連音來讀，如前一音節有 [ŋ] 韻尾，國字上還是寫成「啊」、「喔」，句尾助詞應讀為 -ŋa、-ŋo。句尾連音規律及舉例如下：

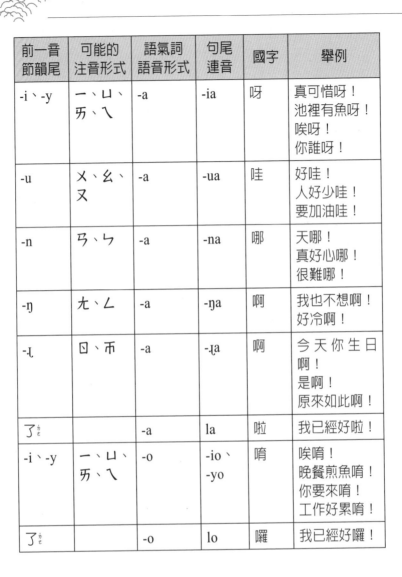

前一音節韻尾	可能的注音形式	語氣詞語音形式	句尾連音	國字	舉例
-i、-y	一、ㄩ、ㄞ、ㄟ	-a	-ia	呀	真可惜呀！ 池裡有魚呀！ 唉呀！ 你誰呀！
-u	ㄨ、ㄠ、ㄡ	-a	-ua	哇	好哇！ 人好少哇！ 要加油哇！
-n	ㄢ、ㄣ	-a	-na	哪	天哪！ 真好心哪！ 很難哪！
-ŋ	ㄤ、ㄥ	-a	-ŋa	啊	我也不想啊！ 好冷啊！
-ɻ	ㄖ、帀	-a	-ɻa	啊	今天你生日啊！ 是啊！ 原來如此啊！
了˙ㄜ		-a	la	啦	我已經好啦！
-i、-y	一、ㄩ、ㄞ、ㄟ	-o	-io、-yo	唷	唉唷！ 晚餐煎魚唷！ 你要來唷！ 工作好累唷！
了˙ㄜ		-o	lo	囉	我已經好囉！

「呀」、「哇」、「哪」三個字來表述「啊」的連音變化。請在以下句子的詞尾填上適合的詞尾用字。（配合詞尾選填「呀」、「哇」、「哪」、「啊」四選一）

1. 他好生氣（　　　）！

2. 你叫我怎麼能安心（　　　）？

3. 這是怎麼一回事（　　　）？

4. 這個人到底是誰（　　　）？

5. 我的老天（　　　）！

6. 你最近過得好不好（　　　）？

7. 多麼可愛的春（　　　）！

　　多麼熱情的夏（　　　）！

　　多麼美好的秋（　　　）！

　　多麼幸福的冬（　　　）！

　　多麼分明的四季（　　　）！

8. 這家公司好大（　　　）！

9. 這個人真是了不起（　　　）？

10. 我今天錢帶不夠（　　　）？

11. 這個人到底是誰（　　　）？

12. 這個孩子真可憐（　　　）！

【第四節】「一」和「不」的變調

　　國語中原本「一」、「七」、「八」、「不」在後接不同聲調的字詞時會產生變調。「七」和「八」在後接第四聲時必須變調讀為第二聲，如「七上八下」應變讀為「ㄑㄧˊ上ㄅㄚˊ下」，但現代國語中，「七」和「八」都讀為原調第一聲了，只有「一」和「不」必須注意後接不同聲調時發生的變調現象。

　　「一」的本調是第一聲，當「一」在第一、二、三聲前時讀第四聲「ㄧˋ」；當「一」在第四聲或輕聲字前，則讀第二聲「ㄧˊ」，在當數字、序數使用時讀本調第一聲，如：「十一個人」、「一號候選人」。

　　「不」的本調是第四聲，當「不」在第一、二、三聲前時讀第四聲「ㄅㄨˋ」；當「不」在第四聲或輕聲字前，則讀第二聲「ㄅㄨˊ」。例如以下表格的例詞：

	後接聲調	例詞
一	第一聲	一刀、一邊、一車、一鍋
	第二聲	一同、一成、一門、一盤
	第三聲	一起、一手、一桶、一畝
	第四聲	一座、一道、一處、一句
	輕聲	一個
不	第一聲	不禁、不輕、不新、不喝
	第二聲	不同、不明、不詳、不強
	第三聲	不管、不想、不好、不小
	第四聲	不要、不論、不幸、不信
	輕聲	不了

【第五節】國語的兒化韻

「兒化」是指一個詞彙的最末音節韻尾加上一個尾音ㄦ的音變現象，通常會加上尾音ㄦ的詞彙聽起來會有俏皮活潑感，國語中的輕聲與兒化讓國語變得更輕快動聽，雖然輕聲與兒化韻只是一種音變，說話時也不一定要使用這些音變，但輕聲與兒化韻對於修飾國語語音與表現細膩情感仍有一定的效果，我們在練習教學國語時仍得注意。

在《教育部重編國語辭典修訂本》中，收錄了1912筆帶兒化的詞彙，部分是北方詞彙，如「巴兒狗」，是北平方言中「哈巴狗」的意思；也有歇後語中有帶兒化的詞彙的，如「胖姑娘坐小轎兒」指的是出不來也進不去的窘況；也有許多帶兒化的詞彙是出自古典小說，如「跑堂兒的」，指在酒店飯館中招待客人的侍者，出自《兒女英雄傳》。

在現代國語中最常用的兒化韻應該是「一會兒」、「一塊兒」等修飾性詞彙，生活中還能聽到的兒化詞彙還有「我等到『花兒』也謝了」、「早起的『鳥兒』有蟲吃」等。

一般詞彙遇到最末音節韻尾加上一個尾音ㄦ時，會有一些特殊的音變現象，如增音、語音丟失、元音鼻化等等，這是我們在練習時必須注意的。另外，加

了兒化韻的詞彙雖然在書面上多寫了一個字，但在音長上並不會讓雙音節詞彙變成三個音節，因為兒化韻是緊密連接在詞幹之後的，在發音時要特別注意兒化韻與詞幹的緊密語音連接。以下以表格說明各種國語韻母加上尾音ㄦ後產生的音變現象並舉例說明。

國語韻母＋ㄦ	加入兒化後的音變規律	舉例
ㄚ、ㄛ、ㄜ、ㄠ、ㄡ、ㄨ	詞幹的語音不變	ㄚ＋ㄦ [aɻ]：說話兒、摘花兒 ㄛ＋ㄦ [oɻ]：花朵兒、被窩兒 ㄜ＋ㄦ [ɤɻ]：來這兒、高個兒 ㄠ＋ㄦ [ɑuɻ]：小鳥兒、泡泡兒 ㄡ＋ㄦ [ouɻ]：老頭兒、泡妞兒 ㄨ＋ㄦ [uɻ]：數數兒、媳婦兒
ㄧ、ㄩ	詞幹的韻母加上ə再接ㄦ	ㄧ＋ㄦ [iəɻ]：小雞兒、玩意兒（ㄧㄜㄦ） ㄩ＋ㄦ [yəɻ]：孫女兒、湊趣兒（ㄩㄜㄦ）
ㄞ、ㄢ	詞幹的韻尾i、n去掉後再接ㄦ	ㄞ＋ㄦ [aɻ]：小孩兒、一塊兒（ㄚㄦ） ㄢ＋ㄦ [aɻ]：快點兒、找伴兒（ㄚㄦ）
ㄟ、ㄣ、ㄓ、ㄝ、ㄥ	詞幹若有韻尾i、n、ŋ必須去掉，韻母變成ə再接ㄦ	ㄟ＋ㄦ [əɻ]：寶貝兒、一會兒（ㄜㄦ） ㄣ＋ㄦ [əɻ]：沒準兒、壓根兒（ㄜㄦ） ㄓ＋ㄦ [əɻ]：瓜子兒、樹枝兒（ㄜㄦ） ㄝ＋ㄦ [əɻ]：穿鞋兒、樹葉兒（ㄜㄦ） ㄥ＋ㄦ [əɻ]：等等兒、現成兒（ㄜㄦ）
ㄤ、ㄨㄥ	韻尾ŋ先去掉，元音鼻化後再接ㄦ	ㄤ＋ㄦ [ãɻ]：依樣兒、趕趟兒 ㄨㄥ＋ㄦ [ũɻ]：小熊兒、毛蟲兒
ㄧㄥ	韻尾先去掉，韻母ə鼻化後再接ㄦ	ㄧㄥ＋ㄦ [iə̃ɻ]：眼鏡兒、趕明兒

第六章 國語的各種標音符號

◆【第一節】國際音標

◆【第二節】ISO 7098號標準
　　　　　　中文羅馬字母拼寫
　　　　　　法（漢語拼音）

◆【第三節】常見的中文羅馬
　　　　　　字母拼寫系統

平常我們以書面記錄國語時，用的是國字，注音符號系統是我國在語文教育上指定使用的標音系統。

記錄國語最適合的書面工具就是國字。在第四章第一節中提到過，我國國語與西方語言相比，最大的特點就在於國語是「單音節語言」。國語的一個音節就是一個意義單位，而每一個國語音節可能有好幾十種語義，因此我國國語不適合像西方語言一樣使用拼音字母當成文字系統，而必須搭配「國字」這種的形聲方塊字系統，才能有效在書面上表義。但是因為中國的文字系統表音功能不夠精確，因此對於初學者或是外籍人士，最好能搭配標音符號來識讀國字。

使用注音符號系統標記中國文字讀音的優點是：傳承中國歷代以來的反切注音法；使用簡化的漢字當作注音字母，可以配合國字的橫直書寫方向，以橫式或直式標記國字的讀音。

但是，因為國際間都習慣使用羅馬字母來拼寫各種語言，雖然使用羅馬拼音僅能表示國字的讀音，精確的字義無法透過拼音來表示，但是為了推廣漢語，讓更多外籍人士可以藉由羅馬字母來學習我國國語的讀音，達到全球化、國際化的語言文化推廣，自與西方文化接觸以來，就有學者創制各種羅馬字母拼寫法來拼寫國語的語音系統。

20 世紀時，翻譯中文主要的羅馬字母系統是威妥瑪拼音系統（Wade-Giles System）。在 2008 年以後，為了接軌中文拼寫法的國際標準，教育部在 2008 年 12 月 18 日修正「中文譯音使用原則」，宣布採用 ISO 7098 號標準中文羅馬字母拼寫法，也就

是以「漢語拼音」作為規範的中文譯音法。

　　在漢語拼音成為官方譯音標準之前，政府曾經宣告以國語羅馬字（1928 年 -1985 年）、國語注音符號第二式（1986 年 -2002 年）、通用拼音法（2002 年 -2008 年）作為官方譯音標準。以上所提到的各種羅馬字母拼寫法，使用的記音符號都限制在英文 26 字母內，雖然各家系統拼寫方式不同，但總的來說是大同小異的，端看各家系統指定某個字母對應到國語中的哪一個語音，而符號的省略與共用，也是看各套系統的規定，因此不管使用哪一套羅馬拼音，難免都會有與國語實際讀音略有差異之處，舉例而言，ISO 7098 號標準中文羅馬字母拼寫法（漢語拼音），將 xiu 指定為「修」；把 xue 指定為「雪」，xiu 省略了韻母中最重要的韻腹 o 元音；而 xue 中的 u 必須讀為ㄩ，這都是學習用羅馬字母認讀國字時必須特別學習的。

　　「國際音標」是國際語音學會制定的一套記錄人類各種語言語音的記音符號，能準確標記國語的語音，以下各節詳細介紹如何利用國際音標及漢語拼音來拼寫國字的讀音。

【第一節】國際音標

一、何謂國際音標

國際音標（International Phonetic Alphabet；簡稱 IPA）又稱為「萬國音標」，是創立於 1886 年的國際語音學會（The International Phonetic Association）於 1888 年制訂的一套用來標記世界各種語言語音的符號系統，國際音標使用的符號以羅馬字母為主，這套記音符號的特點是**一個符號代表一個音素**（Phoneme），因為這套記音符號系統的語音分類明確，能跨語言標記各種語音，因此受到語言學界、語言治療師、語言教學者以及各種需要跨語言記錄語音的人士使用。

國際音標共有一百多個符號及輔助說明音值的符號設計，我們在學習英語時常使用的 K.K. 音標（美式英語）和 D.J. 音標（英式英語）就是參考國際音標而設計的標記英語的標音符號。因為世界各國的語文都有自己慣用的文字系統與標音系統，學會認讀與使用國際音標，可以幫助我們學習各種外國語言，也能幫助我們進行語言教學與研究工作。國際音標學會在 2005 年最後一次修正國際音標表，共有 107 個音標符號、52 個變音符號和 4 個超音段成分符號。

　　在國際音標輔音分類表中，橫軸代表十一種發音的阻礙部位（Place of Articulation），由左至右從雙唇音、唇齒音、舌尖音、齒齦音、後齒齦音、卷舌音、硬顎音、軟顎音、小舌音、喉音，最後是聲門音，最左的發音部位是位於口腔最前端的成阻部位；最右的發音部位也是位於口腔最後端的成阻部位，因此由左至右的排列方式就是按照口腔成阻部位最前端到最後端的排列順序。表上的縱軸代表八種發音方法（Manner of Articulation），從上到下依序是塞音、鼻音、顫音、拍音、擦音、邊擦音、近音、邊近音。

　　理論上，一種發音部位配上一種發音方法，就能產生一類輔音，但事實上，有些發音部位配上某種發音方法是無法發音的，在國際音標輔音表上以灰階標示之。因為聲帶的振動與否也是輔音的重要特徵，在輔音表中的每一個格子裡，若音標成對出現，在左邊的音標表示聲帶不振動的清音（Voiceless）；在右邊的音標表示聲帶振動的濁音（Voiced）。例如：在雙唇／塞音的輔音表格內有一組音標 [p] 和 [b]，[p] 表示雙唇／清／塞音；[b] 表示雙唇／濁／塞音。

　　使用國際音標表標記國語的聲母系統時，需要使用一些超出國際音標輔音表的輔助符號。如ㄆㄊㄎㄔㄑ這些聲母，發音時氣流較強，因此在輔音符號的右上角加上標的 ^{h}（aspirated）來標記；而國語中的ㄒ聲母，因發音部位較特別，故使用 [ɕ]（Alveolo-Palatal Fricative 齒槽硬顎擦音）來標記。在本書附錄二有完整的 2005 年版國際音標表。以下為國語聲母和韻母的國際音標：

當代國語語音學

【國語聲母的國際音標】

發音部位 ／ 發音方法	雙唇音 Bilabial	唇齒音 Labio-dental	Alveolar 齒齦音 舌尖音	Alveolar 齒齦音 舌尖前音	Retroflex 卷舌音 舌尖後音 翹舌音	Palatal 硬顎音 舌面音	Velar 軟顎音 舌根音
不送氣清塞音 Plosive	[p]		[t]				[k]
送氣清塞音 Plosive	[pʰ]		[tʰ]				[kʰ]
不送氣清塞擦音 Affricate				[ts]	[tʂ]	[tɕ]	
送氣清塞擦音 Affricate				[tsʰ]	[tʂʰ]	[tɕʰ]	
鼻音 Nasal	[m]		[n]			[ȵ]（ㄬ）	[ŋ]（ㄫ）
清擦音 Fricative		[f]		[s]	[ʂ]	[ɕ]	[x]
濁擦音 Fricative		[v]（万）					
邊近音			[l]				
近音					[ɻ]		

【國語韻母的國際音標】

單韻母與介音	[i] ㄧ	[u] ㄨ	[y] ㄩ	
單韻母	[a] ㄚ	[o] ㄛ	[ɤ] ㄜ	[e] ㄝ
	[ɯ] 币			
複合韻母	[ai] ㄞ	[ei] ㄟ	[ɑu] ㄠ	[ou] ㄡ
鼻音韻母	[an] ㄢ	[nə] ㄣ	[ɑŋ] ㄤ	[əŋ] ㄥ
卷舌韻母	[ɚ] 或 [rɑ] ㄦ			
齊齒呼韻母	[ien] ㄧㄢ	[in] ㄧㄣ	[iɑŋ] ㄧㄤ	[iŋ] ㄧㄥ
合口呼韻母	[uan] ㄨㄢ	[un] ㄨㄣ	[uɑŋ] ㄨㄤ	[uŋ] ㄨㄥ
撮口呼韻母	[yen] ㄩㄢ	[yn] ㄩㄣ		[yŋ] ㄩㄥ

註：1. [ɚ] 為國際音標中的擴充符號，表示這個語音帶有卷舌色
彩（Rhoticity）。

2. 國語的複合型韻母和帶鼻音的韻母若是低元音，則依據韻
尾的不同有前 a 和後 ɑ 的區別，在使用國際音標時應特別
注意。

二、如何用國際音標分析國語音節

使用國際音標記音可以細緻描寫語音結合時發
生的語音變化細節，不像其他羅馬字母拼寫法多少都
有符號省略或合併的問題。以國際音標來分析國語的
音節，可以細緻區分為「聲母、介音、主要元音、韻
尾、聲調」五個音節成分，以下用圖表表示：

聲調			
聲母	韻母		
	介音（韻頭）	主要元音（韻腹）	韻尾

　　一個國語音節成立的必要條件是具備「主要元音」和「聲調」，其他的音節成分都算是音節音色的修飾成分，以下以幾個國字語讀音舉例如何用國際音標分析音節內部結構。

例字	聲母	韻母		
		介音（韻頭）	主要元音（韻腹）	韻尾
愛			a	i
奧			ɑ	u
嘔			o	u
一			i	
希	ç		i	
蝦	ç	i	a	
修	ç	i	o	u
蕭	ç	i	ɑ	u
高	k		ɑ	u
溝	k		o	u

　　以「愛、奧」兩字的讀音來說，用注音符號表示為「ㄞˋ、ㄠˋ」，用國際音標分析後，就會發現兩者都沒有聲母和介音，兩者的主要元音都是低元音，但因為「愛」有韻尾 -i，所以元音也同化偏前為 [a]；而「奧」有韻尾 -u，所以元音同化偏後為 [ɑ]。

　　而「ㄧ、ㄩ」介音後接「ㄢ」韻母時，因為音節成分 i(y)-a-n 彼此之間舌位差距太大，介音 i 和韻尾 n 都是高舌位，因此主要元音由低元音 -a 提高為中低或中高元音 æ 或 e，語音發生同化作用彼此拉近，

以達到省力的效果。

　　主要元音 ə 是一個性質特殊的央元音，ə 的舌位懸於中央，容易丟失，因此「ㄧ、ㄨ、ㄩ」介音後接「ㄣ、ㄥ」韻母時，在音節成分互相結合成 i-ə-n；u-ə-n；y-ə-n；i-ə-ŋ；u-ə-ŋ；y-ə-ŋ 時，介音ㄧ、ㄨ、ㄩ 和韻尾 n、ŋ 直接丟失央元音而前後結合成 in；un；yn；iŋ；uŋ；yŋ。

　　ㄓ系列和ㄗ系列聲母若配後高展唇韻母時，空韻符號「帀」省略不寫，但在使用國際音標標記這類讀音時必須注意加上後高展唇元音的國際音標／ɯ／。ㄛ韻在國語中一直都是以ㄨㄛ的形式存在，若與ㄅ系列聲母拼合時，中間的ㄨ是省略不寫的，但在使用國際音標時，為了標音精確，應將介音／u／標記出來。以下示範以注音符號拼音發生音變或是遇到省略符號的音節時如何用國際音標標記。

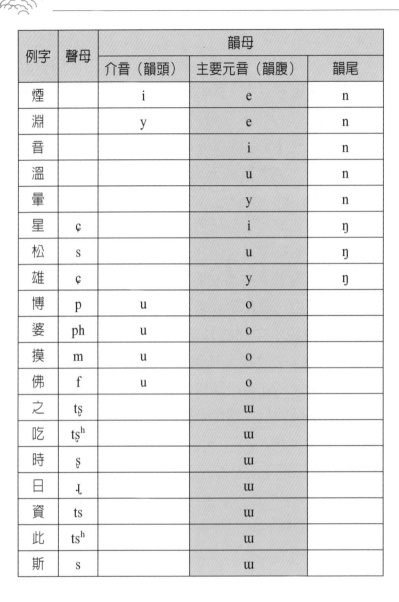

例字	聲母	韻母		
		介音（韻頭）	主要元音（韻腹）	韻尾
煙		i	e	n
淵		y	e	n
音			i	n
溫			u	n
暈			y	n
星	ç		i	ŋ
松	s		u	ŋ
雄	ç		y	ŋ
博	p	u	o	
婆	ph	u	o	
摸	m	u	o	
佛	f	u	o	
之	tʂ		ɯ	
吃	tʂʰ		ɯ	
時	ʂ		ɯ	
日	ɻ		ɯ	
資	ts		ɯ	
此	tsʰ		ɯ	
斯	s		ɯ	

【第二節】ISO 7098 號標準中文羅馬字母拼寫法（漢語拼音）

20 世紀時，翻譯中文主要的英文音譯系統是威妥瑪拼音系統（Wade-Giles System），1982 年，國際標準化組織發出 ISO 7098 號文件，採用《漢語拼音方案》為中文羅馬字母拼寫法的國際標準。現在除了一些已經固定使用威妥瑪拼音系統的英文譯音地名之外，大多數的地名都是按照標準中文羅馬字母拼寫法來拼寫。

目前在社會上仍能見到的以威妥瑪拼音系統譯寫拼音的地名，例如：Taipei（臺北）、Hsinchu（新竹）、Taichung（臺中）、Kaohsiung（高雄）等，縣市級以上的地名均以威妥瑪拼音系統譯寫。這是因為以威妥瑪拼音系統書寫的地名已經通行多年，為了尊重約定俗成的拼寫習慣，以及保持國際上的使用習慣，讓交流能達到最高的便利性，因此繼續使用舊式的拼音法，而個人姓名的羅馬拼音，則尊重個人意見，可以使用各種拼音法來譯音。但國人仍習慣以威妥瑪拼音系統譯寫姓名。以下介紹標準中文羅馬字母拼寫法的拼寫方式。

一、聲母

b（ㄅ）	p（ㄆ）	m（ㄇ）	f（ㄈ）
d（ㄉ）	t（ㄊ）	n（ㄋ）	l（ㄌ）
g（ㄍ）	k（ㄎ）	h（ㄏ）	
j（ㄐ）	q（ㄑ）	x（ㄒ）	
zh（ㄓ）	ch（ㄔ）	sh（ㄕ）	r（ㄖ）
z（ㄗ）	c（ㄘ）	s（ㄙ）	
y	w		

　　要注意的是，y 和 w 並不是聲母，而是為了區隔音節而設計的符號。y 只出現於零聲母後接 i（ㄧ）的音節前，如 yi（衣）、ya（呀）、ye（耶）、yao（腰）、you（優）、yan（煙）、yin（因）、yang（央）、ying（英）、yong（雍）。y 也出現在零聲母後接 ü（ㄩ）韻母的音節前，此時 ü 上兩點省略不寫，如 yu（迂）、yue（約）、yuan（冤）、yun（暈）。w 只出現在零聲母後接 u（ㄨ）的音節前，如 wu（烏）、wa（蛙）、wo（窩）、wai（歪）、wei（威）、wan（彎）、wen（溫）、wang（汪）、weng（翁）。

二、韻母

(一) 單韻母

a（ㄚ）	o（ㄛ）	e（ㄜ）	i（一）	u（ㄨ）	ü（ㄩ）

　　韻母 o（ㄛ）在使用上都會帶有介音 u（ㄨ）時，因此讀為 uo（ㄨㄛ）較為適合，在拼合「波潑摸佛」時寫為 bo、po、mo、fo，讀時要把韻母讀為 uo（ㄨㄛ）。

　　ü 韻母在實際使用上都是省略 ü 上面的兩點而寫成 u 的，例如跟聲母 j、q、x 拼的時候，寫成 ju（居）、qu（區）、xu（虛）。但 ü 與聲母 n、l 拼合的時候，上面的兩點必須寫出。如：nü（女）/ nu（努）、lü（呂）/ lu（魯）。

(二) 複韻母

ai（ㄞ）	ei（ㄟ）	ao（ㄠ）	ou（ㄡ）
ie（一ㄝ）	ue（ㄩㄝ）	iu（一ㄡ）	ui（ㄨㄟ）
er（ㄦ）			

　　要注意 iou、uei 這兩個韻母和聲母相拼時，中間的主要元音字母省略，寫為 iu、ui，例如 niu（牛）、gui（歸）。

e（ㄜ）單獨使用時是單韻母，加上介音則 e 讀為ㄝ，因為ㄝ在使用上必定會帶有介音 i（一）或 ü（ㄩ），因此 e 這個符號同時代表ㄜ也代表ㄝ。「德」寫為 dé；「蝶」寫為 dié；「肋」寫為 lè；「列」寫為 liè。

韻母 er（ㄦ）用作韻尾的時候寫成 r。例如：「兒孫」拼作 érsún，「花兒」拼作 huār。

（三）鼻韻母

an（ㄢ）	en（ㄣ）	in（一ㄣ）	un（ㄨㄣ）	ün（ㄩㄣ）
ang（ㄤ）	eng（ㄥ）	ing（一ㄥ）	ong（ㄨㄥ）	iong（ㄩㄥ）

un（ㄨㄣ）韻母和聲母相拼時，中間的主要元音字母 e 省略，從 uen 簡寫為 un；但若是在沒有聲母的音節中，uen 必須加上區隔音節的符號，因此「溫」寫為 wen。

而韻母 ong 雖然只有設計 o 元音，但其實音節中都帶有介音 u（ㄨ）時，因此應讀為 uong（ㄨㄥ）。

而韻母 iong，語音上應該是 iuong，因 iu 中的 i 部位在前高，u 為後高圓唇，兩者結合各取兩音部分特質而成為前高圓唇音 ü（ㄩ），因此實際讀音應為 üong（ㄩㄥ）。

（四）整體認讀音節（17 個）

zhi（ㄓ）	chi（ㄔ）	shi（ㄕ）	ri（ㄖ）
zi（ㄗ）	ci（ㄘ）	si（ㄙ）	
yi（一）	wu（ㄨ）	yu（ㄩ）	
ye（一ㄝ）	yue（ㄩㄝ）	yuan（ㄩㄢ）	
yin（一ㄣ）	ying（一ㄥ）	yun（ㄩㄣ）	yong（ㄩㄥ）

三、聲調標記方式

採用五度制調值標記法（Five Level Tone Number Mark），在「主要元音」之上標記聲調，若為輕聲音節則不標聲調符號，如「八、拔、把、罷、吧」以標準中文羅馬字母拼寫法標記為「bā、bá、bǎ、bà、ba」。但若遇到主要元音為「i」時，i 上面的小點省略不寫，如「一」標記為「yī」。若遇到 iu（一ㄨ）或 ui（ㄨㄟ）等主要元音符號被省略的複韻母音節時，聲調符號標記於後面字母上，如舊 jiù、歲 suì。有記憶口訣：

「見到 i 先脫帽，
有 a 就標 a，
沒 a 找 o、e；
i、u 如果在一起，
誰在後面就標誰」。

四、分詞書寫

使用標準中文羅馬字母拼寫法進行漢語的譯音時，以「詞」為書寫單位，拼寫詞和句子的時候，不是按「字」分寫，而是分「詞」連寫。如 yuèdú（閱讀）、dànshì（但是）、duìbùqǐ（對不起）。

在句子的開頭第一個字母要大寫，遇到人名時，姓和名分寫，姓和名的開頭字母要大寫。個人姓名在護照上的譯音需求，我國外交部採用兼容並蓄的原則，鼓勵大家使用漢語拼音來譯音，但仍可以依照個人意願使用「通用拼音」、「國音第二式拼音」或「威妥瑪拼音」來譯音自己的姓名。

五、隔音符號

遇到有音節混淆可能的詞彙，必須加上「隔音符號」，如「平安」必須寫成 ping'an；「嫦娥」必須寫成 Chang'e；「西歐」必須寫成 Xi'ou。可能造成音節混淆的詞彙是第二音節的開頭為零聲母，且韻母為 a、o、e 的詞彙。

其餘細部規定，請參考本書附錄五行政院公告〈中文譯音使用原則〉。

【第三節】常見的中文羅馬字母拼寫系統

　　除了最常見的 ISO 7098 號標準中文羅馬字母拼寫法（漢語拼音）之外，目前國內常見的中文羅馬字母轉譯系統，還有威妥瑪拼音系統（Wade-Giles System）與通用拼音法，因為這兩套中文羅馬字母拼寫法在我國都曾經推行過一段時間，因此仍有地名沿用，民眾也常用來轉譯姓名，本節介紹這兩套系統供識讀參考。

一、威妥瑪拼音系統（**Wade-Giles System**）

　　以下先列出威妥瑪拼音系統如何標寫聲母和韻母：

【聲母】

ㄅ	ㄆ	ㄇ	ㄈ	ㄉ	ㄊ	ㄋ	ㄌ	ㄍ	ㄎ	ㄏ
p	p′	m	f	t	t	n	l	k	k′	h
ㄐ	ㄑ	ㄒ	ㄓ	ㄔ	ㄕ	ㄖ	ㄗ	ㄘ	ㄙ	
chi	chi′	hsi	ch	ch′	sh	j	ts	ts′	s	

【韻母】

ㄚ	ㄛ	ㄜ	ㄝ	ㄞ	ㄟ	ㄠ	ㄡ
a	o	o/e	eh	ai	ei	ao	ou
ㄢ	ㄣ	ㄤ	ㄥ	ㄦ	ㄧ	ㄨ	ㄩ
an	en	ang	eng	erh	i	wu	yu

　　威妥瑪拼音系統將ㄐ系列和ㄓ系列聲母都寫為ch，但這不影響辨讀聲母，因為ㄐ系和ㄓ系聲母為互補關係，ㄐ系列聲母後面總是有ㄧ或ㄩ，只要看到chi- 或 chiu- 就知道是ㄐ系列聲母。而拼寫規則上，威妥瑪拼音系統有一些特殊設計，在拼寫ㄓ系列聲母後接空韻時以 -ih 表示，因此「之、吃、施、日」寫為 chih、chih、shih、jih；ㄗ系列聲母後接空韻時，韻母則以 -ǔ 表示，「資、疵、斯」寫為 tzu、tzu、ssu。以下表格為空韻音節及零聲母音節的威妥瑪拼音方式。

ㄓ	ㄔ	ㄕ	ㄖ	ㄗ	ㄘ	ㄙ	ㄧㄝ	ㄧㄡ	ㄧㄢ	ㄨㄥ	ㄩㄥ
chih	ch´ih	shih	jih	tzu	tz´u	ssu	yeh	yu	yen	ung	yung

　　現今國內許多民眾在中文姓名譯音上仍舊習慣使用威妥瑪拼音系統。以下以常用姓氏為例，說明使用 ISO 7098 號標準中文羅馬字母拼寫法（漢語拼音方案）與威妥瑪拼音系統的差異。

姓氏	張	常／昌	石／施	謝	葉	余	游	饒	阮
漢語拼音	Zhang	Chang	Shi	Xie	Ye	Yu	You	Rao	Ruan
威妥瑪拼音系統	Chang	Chang	Shih	Hsieh	Yeh	Yu	Yu	Jao	Juan

　　從以上比較中可以得知，使用威妥瑪拼音系統來拼寫某些國語發音時，送氣符號通常會省略，因此會有明明是不同語音的國字，卻被轉譯成相同拼音的現象，這是我們在認讀威妥瑪拼音時要特別注意的。

二、通用拼音系統

　　我國在 2002 年至 2008 年間以通用拼音法作為官方譯音標準，因此仍有不少人名和地名使用通用拼音來譯音，以下先列出通用拼音系統如何標寫聲母和韻母：

【聲母】

ㄅ	ㄆ	ㄇ	ㄈ	ㄉ	ㄊ	ㄋ	ㄌ	ㄍ	ㄎ	ㄏ
b	p	m	f	d	t	n	l	g	k	h
ㄐ	ㄑ	ㄒ	ㄓ	ㄔ	ㄕ	ㄖ	ㄗ	ㄘ	ㄙ	
ji	ci	si	jh	ch	sh	r	z	c	s	

【韻母】

ㄚ	ㄛ	ㄜ	ㄝ	ㄞ	ㄟ	ㄠ	ㄡ
a	o	e	e	ai	ei	ao	ou
ㄢ	ㄣ	ㄤ	ㄥ	ㄦ	ㄧ	ㄨ	ㄩ
an	en	ang	eng	er	i/yi	u/wu	yu
空韻	ㄨㄣ	ㄨㄥ	ㄈㄥ	ㄩㄝ	ㄩㄥ		
-ih	un/wun	ong/wong	fong	yue	yong		

　　通用拼音系統中ㄗ、ㄓ系列聲母遇到空韻時，以 -ih 表示，故「之、吃、施、日、資、疵、斯」寫為 jhih、chih、shih、rih、zih、cih、sih。

　　「ㄑ」和「ㄘ」都是用 c 表示，但因為兩者後接韻母類型是互補分配的，因此能藉由韻母型態區別，如「間、千、先」寫為 jian、cian、sian；「讚、燦、散」寫為 zan、can、san；而「娟、圈、宣」則寫為 jyan、cyan、syan。

課·堂·習·作

　　為了更加清楚漢語拼音的音節拼合關係，以下以介音為條件，分成開口呼、齊齒呼、合口呼和撮口呼四種音節結構類型，請將聲韻結合的漢語拼音填寫至表格內。

　　1. 漢語拼音練習：開口呼音節①

聲母＼韻母	零聲母	b	p	m	f	d	t	n	l
-i	×	×	×	×	×	×	×	×	×
a		ba							
o			po						
e				me					
ai						dai			
ei								nei	
ao								nao	
ou									lou
an									
en									
ang									
eng									
er		×	×	×	×	×	×	×	×

當代國語語音學

2. 漢語拼音練習：開口呼音節②

韻母＼聲母	g	k	h	zh	ch	sh	r	z	c	s
-i	×	×	×	zhi				zi		
a										
o										
e										
ai										
ei										
ao										
ou										
an	gan									
en		ken								
ang			hang							
eng										
er	×	×	×	×	×	×	×	×	×	×

3. 漢語拼音練習：合口呼音節 wa、-ua ①

韻母＼聲母	b	p	m	f	d	t	n	l	(w-)
u									wu
ua									wa
uo									wo
uai									wai
uei (ui)					dui	tui			wei
uan									
uen (un)					dun	tun			wen
uang									wang
ong	×	×	×	×	dong				×
*ueng	×	×	×	×	×	×	×	×	weng

4. 漢語拼音練習：合口呼音節 wa、-ua ②

聲母 韻母	g	k	h	zh	ch	sh	r	z	c	s
u										
ua										
uo										
uai										
uei (ui)										
uan										
uen (un)										
uang	guang									
ong	×	×	×	×	×	×	×	×	×	×
*ueng	×	×	×	×	×	×	×	×	×	×

5. 漢語拼音練習：齊齒呼音節 ya、-ia ①

聲母　韻母	(y-)	b	p	m	*f	d	t
i	yi						
ia	ya						
*io	yo						
ie	ye						
*iai	yai						
iao	yao	biao					
iou (iu)	you					diu	
ian	yan	bian					
in	yin		pin				
iang	yang						
ing	ying			ming			
iong	yong						

6. 漢語拼音練習：齊齒呼音節 ya、-ia ②

韻母＼聲母	n	l	j	q	x
i					
ia					
*io					
ie					
*iai					
iao					
iou (iu)					
ian					
in					
iang			jiang		
ing					
iong					

*-iong 對應注音符號的 - ㄩㄥ。

*-ong 對應注音符號的 - ㄨㄥ

*weng 對應注音符號的零聲母音節ㄨㄥ（如翁／甕）。

7. 漢語拼音練習：撮口呼音節

聲母 ＼ 韻母	ü	üe	üan	ün
x				
q				qun
j	ju	jue		
l				
n				
(yu-)	yu	yue	yuan	yun

第七章 國語正音與口語表達

學習國語語音學最終的目的，除了理解國語語音系統的組合邏輯，還要在理解標準後能示範正確的國語語音；能用標準的國語進行課堂教學及生活表達。如果想知道自己的國語是否已經達到合格的標準，可以參加教育部每年舉辦的「對外華語教學能力認證考試」，認證考試中有一個測驗科目「華語正音及口語表達」，是國內目前對國語口語水準的標準化測試。平時也應多注意多練習國語中容易混淆的讀音，經常自我練習，方能提升自己的國語口語水準。

【第一節】國語語音標準認證考試

教育部「對外華語教學能力認證考試」中的科目「華語正音及口語表達」，主要測試應試者的國語標準發音與口語表達的準確程度和流利程度，並據以確定應試者的國語標準語音與口語水準等級。考試題型採「口語朗讀」與「即席敘述」等形式加以檢測，這個考試是為了檢測應試者是否具備對外華語教學的各種知能，雖然這個教學能力考試的未來教學對象是外國人，但「華語正音及口語表達」這項華語口語水準考試仍具有檢測自我國語表達水準等級的功能。

「華語正音及口語表達」這個科目的滿分為 100 分，考試時間為 60 分鐘。考試題型包含：單音節辨讀、雙音節詞語連讀、短句朗讀、短文朗讀及短述等五大題型。

　　第一項「單音節辨讀」，需辨讀單音節字 30 個，測驗目標為華語單音節聲、韻、調之發音準確度。

　　第二項「雙音節詞語連讀」，需辨讀 15 個雙音節詞語，測試雙音節詞語中的連音變調、輕重音、輕聲、兒化詞合音呈現。

　　第三項「短句朗讀」，需朗讀短句 10 句，測試句子中的輕重音、抑揚頓挫、語法、語氣詞（句尾）、語調及流暢度等適切表達。

　　第四項「短文朗讀」，需朗讀一篇 150 到 200 字的文章，測試文章中語詞、語句停頓、連貫以及語調、語氣、整體語感之表現。

　　第五項「短述」，類似於即席演說，應試者必須就短述的題目，以 3 分鐘時間簡短說明自己的經歷或想法、評論。短述題型主要考核整體語言之語感、語速、語流與自然熟練程度。說話的語音清晰、咬字明朗、輕重緩急、有無贅詞停頓、節奏有致等，以及語言表達之整體情況。

　　測驗結果將應試者的華語口語水準分為六級。第六級為最高級；第一級為最初級；及格標準為第四級。第一級和第二級主要測試能否無障礙地發出華語的基本語音；第三級和第四級主要測試能否準確發出華語的基本語音（包括連音變調、輕聲字、兒化詞）；第五級和第六級主要測試華語表達的熟練流利程度（包括輕重音、流暢度、兒化詞、輕聲字、語氣、語調、語感的自然表達等）。

　　以下為 2019 年教育部對外華語教學能力認證考試的「華語正音及口語表達」考題，提供大家參考。

2019 年教育部對外華語教學能力認證考試試題

（全 1 頁）

場次：一
科目：華語口語與表達
※請考生從左到右依箭頭順序讀出。

一、朗讀單音節字詞，限時 1 分鐘，請開始。（15分）

杯 →	舊 →	島 →	羅 →	課
撐 →	乞 →	資 →	瑟 →	侯
題 →	許 →	流 →	姑 →	順
鬧 →	如 →	捲 →	餓 →	猜
府 →	他 →	前 →	忍 →	住
約 →	忙 →	份 →	追 →	跑

二、朗讀雙音節詞語，限時 1 分鐘，請開始。（15分）

芬芳 →	饅頭 →	理想 →	禁止 →	蜘蛛
闖關 →	傳播 →	帥啊 →	聯絡 →	一塊兒
潛入 →	冰品 →	地鐵 →	電燈 →	累積

三、朗讀短句，限時 1 分鐘 30 秒，請開始。（20分）

1. 會議要結束了，大家還有什麼建議嗎？
2. 到底要去聽音樂會呢？還是準備明天的考試？實在兩難。
3. 地球暖化日趨嚴重，節能減碳，人人有責。
4. 現在有許多兒童網路成癮，讓家長傷透腦筋。
5. 現代科技講求人本，以造福人群為目標。
6. 夜市裡的小吃讓人垂涎三尺，大夥兒不去品嘗品嘗嗎？
7. 好山、好水、好心情，觀光客的疲累隨之煙飛雲散。
8. 在夕陽西下的時候幻想，不如在旭日東升的當下投入工作。
9. 春雨之後，草木俄而發榮滋長，暢茂條達而生色。
10. 你們應該響應綠色環保啊，用這樣的紙太可惜了！

四、朗讀短文，限時 1 分鐘 30 秒，請開始。（25分）

　　我歡喜讀菜單，全世界只有中華料理的菜單最像詩句，一般西方菜單上呈現的菜名都旨在顯示食材，中華料理的食材卻常常故意隱晦，形而上地表現菜式的意境，如廈門南普陀的素菜名：彩花迎賓、南海金蓮、半月沉江、白璧清雲等等；又如客家菜的菜名有：孔明借箭、八脆醉仙、雙燕迎春、四季芙蓉、玉兔歸巢、麒麟脫胎等等。乍看之下，豈知「麒麟」是狗，「胎」是豬肚呢？我更歡喜讀食譜，食譜裡不乏優美的文字，遑論文學裡的飲食。文學裡的美食總是帶著懷舊況味，令人沉思，令人咀嚼再三。

五、短述，限時 3 分鐘。本大題評分的標準以語音為主，實際內容為輔，離題不予計分，請開始。（25分）

　　題目：我的夏日消暑之道

【第二節】容易混淆的國語語音練習

　　國語中有些單音節詞和雙音節詞語的讀音十分接近，容易誤讀，以下提供一些字例和詞組，在練習時要注意這些國字字音的聲、韻、調之發音準確度，並要注意要求自身語音的清晰正確。

一、單音節詞辨讀練習

（一）聲母ㄖ：ㄌ組辨讀

| 落／若 | 盧／如 | 卵／軟 | 覽／染 | 藍／然 |
| 熱／樂 | 繞／烙 | 仍／稜 | 路／入 | 魯／乳 |

（二）聲母ㄓ：ㄗ：ㄐ組辨讀

早／找／繳	超／操／敲	掃／少／小
章／髒／江	周／鄒／揪	正／贈／靜
之／資／機		

（三）韻母ㄣ：ㄥ組辨讀

深／聲	盆／彭	陳／程	森／僧	真／爭
奔／崩	鳳／奮	寧／您	悶／矇	金／經
勤／情	信／姓	林／玲	跟／耕	平／頻
民／名	因／應	銀／營	印／硬	引／影

（四）韻母ㄢ：ㄤ組辨讀

感／港	膽／黨	班／幫	詹／章	單／當
三／桑	乾／剛	盤／旁	看／抗	泛／放

（五）韻母ㄨㄛ：ㄡ組辨讀

否／佛	摩／謀	剖／頗	兜／多	郭／溝
朵／斗	洛／漏	活／猴	弱／肉	桌／周

（六）韻母一せ：へ組辨讀

瘭／北　　滅／妹　　聶／內　　列／類　　撇／陪
跌／得　　節／賊　　鱉／杯

二、多音節詞辨讀練習

（一）翹舌音聲母辨讀

事實／四十　　要死／鑰匙　　網址／王子
傷勢／喪事　　蘇軾／舒適　　錙銖／蜘蛛
資助／支柱　　詩人／私人　　數度／速度
私事／失事　　四川／試穿　　周董／鄒董
超長／操場　　四場／市場　　四成／四層
拆字／猜字　　相識／相似　　素質／數值
殭屍／薑絲　　曾子／貞子　　嗜睡／四歲

（二）舌尖韻尾ㄣ與舌根韻尾ㄥ辨讀

陳舊 / 成就	失禁 / 失敬	政經 / 震驚
金銀 / 經營	欣欣 / 星星	人參 / 人生
恆久 / 很久	清蒸 / 清真	辛勤 / 心情
清晨 / 傾城	深耕 / 生根	孿生 / 資深
親近 / 欽敬	中心 / 中興	信服 / 幸福
勝仗 / 腎臟	生靈 / 森林	鯨魚 / 金魚
曾子 / 貞子	深情 / 聲請	

腎結石 / 聖結石　　林先生 / 凌先生

陳小姐 / 程小姐　　城市 / 塵世 / 曾是

（三）近似讀音多音節詞辨讀

恐龍 / 孔融	模式 / 謀事	偷走 / 拖走
過了 / 夠了	容顏 / 龍顏	蟾蜍 / 殘燭
擾人 / 老人	關頭 / 光頭	洛水 / 弱水
落水 / 漏水	龍眼 / 熔岩	荷蘭 / 河南
活佛 / 活猴	滷肉 / 乳酪	熔爐 / 隆乳
奴家 / 儒家	頗富 / 剖腹	觀察 / 棺材
路口 / 入口	二房東 / 惡房東	
熱昏了 / 樂昏了	醫院 / 音樂 / 一月	
溜冰鞋 / 流鼻血	烤香腸 / 口香糖	

附 錄

【一】國民小學及學前特殊教育教師聯合甄選試教評分標準建議

一、試教基本分數：80 分

二、加分項目：

加分向度	加 1 分	加 2-3 分
板書字體	板書工整，無錯字或簡字	善用黑板全版面、書寫條列分明
粉筆運用	僅用單色，使用正確	使用雙色以上，且具有提示作用
口語表達	使用標準國語，音量適中，內容流暢	語調具抑揚頓挫，能吸引學生注意，有助專心學習
教學流程	具備準備、發展、及綜合等活動	具備準備、發展、及綜合等活動，善用師生問答進行教學，有形成性評量
教學內容	充實	充實並能深化、延伸或補充課本內容
師生互動	有師生雙向互動	師生互動中能給予適當獎懲
服裝儀態	端莊	端莊從容且展現教師自信
時間掌控	教學時間 14-15 分鐘 *	

* 試教時間爲 15 分鐘

扣分向度	不扣分	扣 1-2 分
板書	使用板書進行教學	無板書、寫錯字、簡字或字跡凌亂
粉筆運用	使用單色粉筆	未使用粉筆
口語表達	表現一般	地方口音過重、音量太小、說話結巴
教學流程	準備、發展、及綜合等活動缺其中一項	準備、發展、及綜合等活動缺其中兩項
教學內容	一般	貧乏或對教學內容明顯不熟或誤解
師生互動	單向	師生互動方式不佳
服裝儀態	端莊	儀態不佳或服飾欠妥
時間掌控	教學時間 13 分鐘以上或 16 分鐘以內 *	教學時間少於 13 分鐘或超過 16 分鐘

* 試教時間為 15 分鐘

【二】國際音標表（2005 年修訂版）

THE INTERNATIONAL PHONETIC ALPHABET (revised to 2005)

CONSONANTS (PULMONIC) © 2005 IPA

	Bilabial	Labiodental	Dental	Alveolar	Postalveolar	Retroflex	Palatal	Velar	Uvular	Pharyngeal	Glottal
Plosive	p b			t d		ʈ ɖ	c ɟ	k g	q ɢ		ʔ
Nasal	m	ɱ		n		ɳ	ɲ	ŋ	N		
Trill	B			r					R		
Tap or Flap		ⱱ		ɾ		ɽ					
Fricative	ɸ β	f v	θ ð	s z	ʃ ʒ	ʂ ʐ	ç ʝ	x ɣ	χ ʁ	ħ ʕ	h ɦ
Lateral fricative				ɬ ɮ							
Approximant		ʋ		ɹ		ɻ	j	ɰ			
Lateral approximant				l		ɭ	ʎ	L			

Where symbols appear in pairs, the one to the right represents a voiced consonant. Shaded areas denote articulations judged impossible.

CONSONANTS (NON-PULMONIC)

Clicks	Voiced implosives	Ejectives
ʘ Bilabial	ɓ Bilabial	ʼ Examples:
ǀ Dental	ɗ Dental/alveolar	pʼ Bilabial
ǃ (Post)alveolar	ʄ Palatal	tʼ Dental/alveolar
ǂ Palatoalveolar	ɠ Velar	kʼ Velar
ǁ Alveolar lateral	ʛ Uvular	sʼ Alveolar fricative

OTHER SYMBOLS

ʍ Voiceless labial-velar fricative
w Voiced labial-velar approximant
ɥ Voiced labial-palatal approximant
ʜ Voiceless epiglottal fricative
ʢ Voiced epiglottal fricative
ʡ Epiglottal plosive

ɕ ʑ Alveolo-palatal fricatives
ɺ Voiced alveolar lateral flap
ɧ Simultaneous ʃ and x

Affricates and double articulations can be represented by two symbols joined by a tie bar if necessary. k͡p t͡s

VOWELS

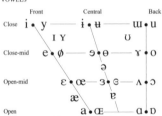

Where symbols appear in pairs, the one to the right represents a rounded vowel.

SUPRASEGMENTALS

ˈ Primary stress
ˌ Secondary stress ˌfoʊnəˈtɪʃən
ː Long eː
ˑ Half-long eˑ
˘ Extra-short ĕ
| Minor (foot) group
‖ Major (intonation) group
. Syllable break ɹi.ækt
‿ Linking (absence of a break)

DIACRITICS Diacritics may be placed above a symbol with a descender, e.g. ŋ̊

Voiceless	n̥ d̥	Breathy voiced	b̤ a̤	Dental	t̪ d̪
Voiced	s̬ t̬	Creaky voiced	b̰ a̰	Apical	t̺ d̺
Aspirated	tʰ dʰ	Linguolabial	t̼ d̼	Laminal	t̻ d̻
More rounded	ɔ̹	Labialized	tʷ dʷ	Nasalized	ẽ
Less rounded	ɔ̜	Palatalized	tʲ dʲ	Nasal release	dⁿ
Advanced	u̟	Velarized	tˠ dˠ	Lateral release	dˡ
Retracted	e̠	Pharyngealized	tˤ dˤ	No audible release	d̚
Centralized	ë	Velarized or pharyngealized	ɫ		
Mid-centralized	ɛ̽	Raised	e̝ (ɹ̝ = voiced alveolar fricative)		
Syllabic	n̩	Lowered	e̞ (β̞ = voiced bilabial approximant)		
Non-syllabic	e̯	Advanced Tongue Root	e̘		
Rhoticity	ɚ a˞	Retracted Tongue Root	e̙		

TONES AND WORD ACCENTS

LEVEL		CONTOUR	
e̋ or ˥	Extra high	ě or ˩˥	Rising
é ˦	High	ê ˥˩	Falling
ē ˧	Mid	e᷄ ˧˥	High rising
è ˨	Low	e᷅ ˩˧	Low rising
ȅ ˩	Extra low	e᷈ ˧˩˧	Rising-falling
↓ Downstep		↗ Global rise	
↑ Upstep		↘ Global fall	

【三】國際音標表輔音表中譯版

發音部位 發音方法	雙唇 Bilabial	唇齒 labiodental	齒間 Dental	齒齦 Alveolar	齒齦後 postalveolar	捲舌 Retroflex	硬顎 Palatal	軟顎 Velar	小舌 Uvular	喉壁 Pharyngeal	聲門 Glottal
塞音 Plosive	p b			t d		ʈ ɖ	c ɟ	k g	q ɢ		ʔ
鼻音 Nasal	m	ɱ		n		ɳ	ɲ	ŋ	ɴ		
顫音 Trill	ʙ			r					ʀ		
閃音 Tap or Flap		ⱱ		ɾ		ɽ					
擦音 Fricative	ɸ β	f v	θ ð	s z	ʃ ʒ	ʂ ʐ	ç ʝ	x ɣ	χ ʁ	ħ ʕ	h ɦ
邊擦音 Lateral Fricative				ɬ ɮ							
近音 Approximant		ʋ		ɹ		ɻ	j	ɰ			
邊近音 Lateral Approximant				l		ɭ	ʎ	ʟ			

1. 當音標成對出現時（如 p b），左邊的音標代表清音；右邊的音標代表濁音。

2. 陰影部分代表此發音部位與方法無法構成輔音。

3. 國際音標中其他符號如 ɕ ʑ 表示齦顎部位之擦音（Alveolo-Palatal Fricatives）。

【四】國際音標表元音圖中譯版

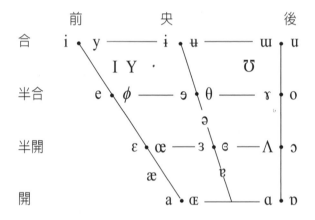

注意：在圖表上同一個舌位上音標若成對出現（如 i　y），左
邊的是展唇元音，右邊的是圓唇元音。

【五】行政院公告〈中文譯音使用原則〉

中文譯音使用原則

民國 91 年 8 月 22 日行政院院臺教字第 0910042331 號函備查
民國 92 年 8 月 20 日行政院院臺教字第 0920044540 號函修正備查
民國 97 年 12 月 18 日行政院院臺教字第 0970056233 號函修正備查
民國 100 年 3 月 10 日行政院院臺教字第 1000011159 號函修正備查

一、 為解決國內中文譯音使用版本紊亂,俾利使用者遵循,特訂定本
使用原則。

二、 我國中文譯音除另有規定外,以漢語拼音為準。

三、 標準地名及路、街名之譯寫,依內政部發布之標準地名譯寫準則
辦理,標準地名以外地名之譯寫準用之。

四、 人名譯寫原則如下:

　　(一) 人名之英文譯寫格式:

　　　　1、採「姓」在前、「名」在後之原則,且「姓」之後不
加逗點,字首大寫,其餘字母以小寫連接,但非首字
之中文譯寫後第一個字母為a、o、e時,與前單字間
以隔音符號「'」連接。例如:
「陳志明」譯寫為「Chen Zhiming」

　　　　2、複姓之英文姓名繕打格式原則與前目同。例如:

「歐陽義夫」譯寫為「Ouyang Yifu」

3、冠夫姓之英文姓名譯寫，二姓氏字首大寫並以短劃「-」連接，區別姓氏，餘繕打格式原則與第一目同。

例如：

「林王美華」譯寫為「Lin-Wang Meihua」

（二）　護照姓名譯寫格式依外交部發布之護照條例施行細則規定，護照外文姓名及英文戶籍謄本姓名譯音，鼓勵使用漢語拼音。

（三）　前二款關於人名之譯寫，均得尊重當事人之意願。

五、外文郵件地址書寫原則如下：

（一）　第一行：姓名（或商店、公司等），例如：

Chen Zhiming

（二）　第二行：門牌號碼，弄，巷，段，路街名，例如：

55, Ln. 77, Sec. 2, Jinshan S. Rd.

（三）　鄉鎮、縣市、郵遞區號，例如：

Sanyi Township, Miaoli County 36745

（四）　第四行：國名，例如：

Taiwan（R.O.C.）

（五）　地址名稱統一譯寫方式如下表：

英文	縮寫	中文	英文	縮寫	中文
City		市	Number	No.	號
County		縣	Floor	F	樓
Township		鄉鎮	Room	Rm.	室
District	Dist.	區	East	E.	東
Village	Vil.	村(里)	West	W.	西
Neighborhood		鄰	South	S.	南
Road	Rd.	路	North	N.	北
Street	St.	街	First	1st	一
Boulevard	Blvd.	大道	Second	2nd	二
Section	Sec.	段	Third	3rd	三
Lane	Ln.	巷	Fourth	4th	四
Alley	Aly.	弄	Fifth	5th	五

六、 海外華語教學原則,除使用注音符號者外,涉及採用羅馬拼音者,以採用漢語拼音為原則。

七、 其他中文譯音,除國際通用或特定詞、約定俗成者(如我國歷史朝代、地名、傳統習俗及文化名詞)外,以漢語拼音為準。

【筆記頁】

國家圖書館出版品預行編目資料

當代國語語音學／張淑萍著. -- 初版. --
臺北市：五南圖書出版股份有限公司，
2020.08
　面；　公分
　ISBN 978-986-522-182-9（平裝）

1.語音學　2.聲韻　3.國語

802.4　　　　　　　　109011608

1XHU

當代國語語音學

作　　　者 ― 張淑萍（201.6）

發 行 人 ― 楊榮川

總 經 理 ― 楊士清

總 編 輯 ― 楊秀麗

副總編輯 ― 黃文瓊

責任編輯 ― 吳雨潔

封面設計 ― 王麗娟

美術設計 ― 吳佳臻

出 版 者 ― 五南圖書出版股份有限公司

地　　　址：106台北市大安區和平東路二段339號4樓

電　　　話：(02)2705-5066　　傳　　真：(02)2706-6100

網　　　址：https://www.wunan.com.tw

電子郵件：wunan@wunan.com.tw

劃撥帳號：01068953

戶　　　名：五南圖書出版股份有限公司

法律顧問　林勝安律師事務所　林勝安律師

出版日期　2020年8月初版一刷
　　　　　2022年10月初版三刷

定　　　價　新臺幣300元

經典永恆・名著常在

五十週年的獻禮──經典名著文庫

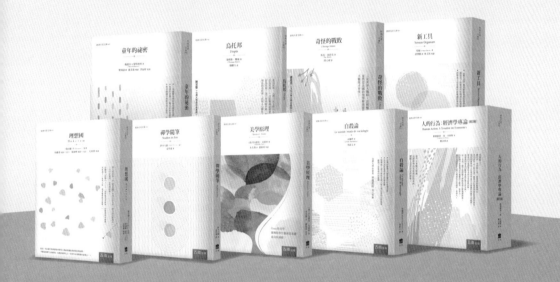

五南，五十年了，半個世紀，人生旅程的一大半，走過來了。

思索著，邁向百年的未來歷程，能為知識界、文化學術界作些什麼？

在速食文化的生態下，有什麼值得讓人雋永品味的？

歷代經典・當今名著，經過時間的洗禮，千錘百鍊，流傳至今，光芒耀人；

不僅使我們能領悟前人的智慧，同時也增深加廣我們思考的深度與視野。

我們決心投入巨資，有計畫的系統梳選，成立「經典名著文庫」，

希望收入古今中外思想性的、充滿睿智與獨見的經典、名著。

這是一項理想性的、永續性的巨大出版工程。

不在意讀者的眾寡，只考慮它的學術價值，力求完整展現先哲思想的軌跡；

為知識界開啟一片智慧之窗，營造一座百花綻放的世界文明公園，

任君遨遊、取菁吸蜜、嘉惠學子！